Birgit Vogt

Bibliografische Information der Deutschen Nationalbibliothek:
Die Deutsche Nationalbibliothek verzeichnet diese Publikation in der Deutschen
Nationalbibliografie; detaillierte bibliografische Daten sind im Internet über
http://dnb.dnb.de abrufbar.

Herstellung und Verlag:
BoD - Books on Demand, Norderstedt
ISBN 978-3-7448-4831-2

Sokrates - der kleine Mickerling

Leben und Tod so nah beieinander

Hallo; ich bin es...

Ja; ich bin es schon wieder!

Damit hattet Ihr bestimmt nicht gerechnet, dass Ihr so schnell wieder von mir hört, oder?

Aber es ist so viel passiert in den letzten Monaten, dass ich es unbedingt alles von Frauchen aufschreiben lassen musste. Ich bin schließlich nicht mehr der jüngste Mickerling und kann nicht mehr so viel behalten.

In diesem Buch gibt es nur ganz wenige Fotos.

Das hat auch einen Grund.

Klar, Ihr kennt mich und denkt jetzt bestimmt, dass ich wieder mal an die Öffentlichkeit gehen will, weil auch außergewöhnliche Erscheinungen wie ich, keinerlei Berührungsängste haben sollten. Dem stimme ich zu. Und ich finde mich und meine lange Zunge noch immer sensationell und einzigartig.

Und ganz klar... ein paar Fotos gibt es auch.

Aber...ihr glaubt es nicht...
Unsere Familie hat sich vermehrt.

Ja, ich habe wieder einen Bruder bekommen. Naja, einen richtigen Bruder nicht... aber so einen angenommenen.
Ich war am Anfang alles andere als begeistert.

Ich war noch immer krank und eigentlich brauchte ich doch die ganze Aufmerksamkeit von meinen Leuten für mich ganz alleine.

Irgendwie war ich aber auch erleichtert als Frauchen immer öfter am Computer nach Yorkies guckte.

Klar sie guckte wegen Tierschutz und so. Aber oft sagte sie abends zu unserem „Außerirdischen", dass hier oder da irgendwo ein Yorkie war, der vielleicht zu uns passen könnte.

Ja, wenn ich denn eventuell irgendwann doch mal über die Regenbogenbrücke gehen sollte; dann wären die beiden nicht ganz so traurig. Das war allerdings am Anfang auch das einzige Positive was ich Frauchens Gedanken so abgewinnen konnte.

Frauchen hatte mir schon viel von dem Neuzugang erzählt, bevor wir ihn dann abholten und als ich ihn dann sah war ich eher entsetzt als begeistert.

So ein Raufbold und völlig ungesittet sein gesamtes Benehmen.

Schon auf dem Heimweg pieselte er in die Box; in der er transportiert wurde.

Wie gut, dass Frauchen ihm eine eigene gekauft hatte und er nicht eine von meinen benutzen durfte. So ein kleiner Stinker... Ob der jemals kultiviert würde?

Planung

Es war ein Tag wie viele andere auch. Frauchen saß wieder mal am PC und las Tierschutzfälle.

Sie guckte auch immer bei so Kleinanzeigen; wo man besser keine Hunde kaufen sollte.

Frauchen sagt immer; wenn ein Züchter richtig gut ist und zu dem steht, was er da so tut, dann hat er eine homepage und man kann ihn besuchen kommen; auch wenn noch keine Welpen da sind.

Man kann dann einfach mal hinfahren und sich die Elterntiere ansehen, die dann irgendwann Babys bekommen; und man kann die Leute, die, die Welpen später verkaufen und teilweise viel Geld damit verdienen, auch mal kennenlernen.

Ja, aber zu so richtig guten Hundeeltern da fährt Frauchen ja nicht. Sie muss ja immer irgendwelche geschädigten Kreaturen retten.

Okay, ja ich bin ja auch so ein Fall mit „Schaden". Und ich meine nicht meine xxl - Zunge. Ich habe ja auch psychisch so den einen oder anderen Defekt.

Ich habe extreme Ängste und anstatt dann einfach ruhig durchs Leben zu gehen, da greife ich lieber an bevor mir jemand was tut. Und überhaupt, so einfach bin ich ja nie gewesen in der Handhabe und das werde ich wohl auch nicht mehr.

Nun ja, wie sollte es anders sein?

Frauchen fand ganz in der Nähe von da wo Oma und Opa wohnen einen Wurf Yorkies, wo die Anzeige schon recht komisch ausfiel. Da stand etwas von „Langbeinyorkies" und alles war nicht wie bei einem guten Züchter.

Also etwas für mein Frauchen und ihr Helfersyndrom.

Frauchen rief da an. Ich horchte genau was sie so fragte und sagte.

Nun, es wurde nicht viel geredet und schon zwei Tage später fuhren wir mit Ex - Herrchen die gleiche Strecke, als würden wir zu den Oldtimern wollen.

Ex - Herrchen musste mit; weil Frauchen immer sofort alles mitnimmt, von dem sie denkt, dass es gerettet werden muss. Ex - Herrchen muss sie dann immer bremsen und außerdem sagt er immer, dass man über alles was man tut und plant eine Nacht schlafen sollte.

Also wurde ich einfach draußen abgestellt - klar in meinem Auto und mit Kühlung natürlich.

Ich musste sogar ziemlich lange warten. Dann kamen Frauchen und Ex - Herrchen zurück.

Irgendwie war da wohl schon klar, dass Frauchen den Kleinsten der Hunde retten wollte.

Es gab da noch einige große Hunde. Kinder waren auch da und Frauchen hatte viele Fragen gestellt, die sie nicht so beantwortet bekam, wie es bei einem guten Züchter gewesen wäre.

Aber da Ex - Herrchen   mein Frauchen ja noch immer halbwegs im Griff hat, nahm sie nicht sofort einen der Zwerge mit; sondern wir schliefen tatsächlich eine Nacht darüber.

Zumindest glaubte Ex - Herrchen das. In Wirklichkeit rief Frauchen schon zwei Stunden nachdem wir wieder Zuhause angekommen waren bei den Leuten an und sagte, dass wir den Kleinsten nehmen würden.

Und so machten wir die gleiche Fahrt zwei Tage später noch einmal.

Der Mini war gerade erst morgens geimpft worden und hatte auch nicht den üblichen Impfausweis mit dem man auch ins Ausland reisen kann.

Naja, gut für mich; denn ich darf ja auch nur in Deutschland Urlaub machen. Also steht da wohl nichts an, was negativ für mich ausfallen könnte.

Auch der neue Kumpel reist nur bis zur Grenze.

Als wir wieder bei den Welpen ankamen musste ich nicht mehr draußen warten.

Zum Glück wurden die großen Hunde weggesperrt. Die hätten mich bestimmt sonst gefressen.

Aber auch die Eltern von meinem zukünftigen Bruder gefielen mir nicht wirklich. Die bellten wie irre und vor allem der Papa von dem Kleinen, der jagte mich und einmal da wollte der mich beißen.

Gut, dass Frauchen mich sofort beschützt hat.

Wäre Ex - Herrchen nicht wieder dabei gewesen, hätte ich da sowieso nicht mit herein gedurft, denn Frauchen allein hätte den Familienzuwachs nur heraus geholt und fertig.

Nun, mir war es egal. Ich zeigte denen mal kurz mit wem sie sich da einließen. Zwar habe ich nur einen Zahn aber meine Beißkraft ist einmalig.

Meine Leute machten noch Verträge und dann wurde viel Geld auf den Tisch gelegt und schon hatte ich einen neuen Bruder.

Mit meinem Charlybruder hatte der allerdings nichts gemeinsam.

Der Charly, der war so schön und so ruhig. Und der sah immer so von oben auf mich herab - weil er ja irgendwie weise war.

Das Wort Weisheit hatte der kleine Knirps noch nie gehört. Das war einfach eine kleine Pöbelbacke.

Der machte mich schon unterwegs blöd an. Dabei stand er mit seiner Hundebox, die er ja sofort nachdem er sich da hinein legen sollte unter Wasser gestellt hatte, nur ein paar Zentimeter von meinem Hütti entfernt.

Der musste doch nicht schreien; ich verstand ihn doch auch so. Wenn ich ihn denn überhaupt verstehen wollte.

Für Frauchen war ganz wichtig, dass der Knirps im Auto nicht spucken musste.

Sie sagte immer, dass sie niemals einen kotzenden Hund behalten würde.

Jaja, ich weiß, man darf das nicht so sagen. Aber wenn mir mal übel wird nennt Frauchen mich ja auch Kotzbrocken.

Also hatte ich immerhin noch eine gute Chance, dass der Mini doch noch wieder gehen müsste. Vielleicht wurde ihm ja so richtig schlecht und wenn denn nicht nur Pippi aus ihm herauskam sondern auch noch was am anderen Ende...

Nun, meine Hoffnung war noch lange nicht gestorben.

Leider konnte der Kleine das Autofahren sehr gut vertragen. Der hat nicht einmal Anstalten gemacht, dass ihm schlecht war und er schlief sogar irgendwann ein.

Ex - Herrchen fuhr ja auch. Wenn Frauchen demnächst den Wagen steuern würde, dann bestand noch immer der Hauch einer Chance, dass ihm dann endlich übel werden könnte, denn die fährt ab und an schon mal etwas schneller.

Okay, wir kamen also Zuhause an.

Der „Außerirdische" war auch schon da und wartete in der Wohnung.

Wir gingen alle nach unten in den großen Garten.
Alles war eingezäunt und da insbesondere Frauchen Angst

hatte, dass ich den Zwerg sofort erlegen würde durften wir uns dann da erst einmal nur beschnuppern.

Ich wollte mich ja erst einmal von meiner netten Seite zeigen. Der würde später schon noch merken wer hier das sagen hat.

Also spielten wir da herum und als er auf mich zu rannte, weil er wohl irgendwie meinte, dass er mich einfach überrennen könnte, da hab ich ihn mal eben auf den Rücken geworfen. So wusste er dann gleich, dass er sich unterzuordnen hatte.

Das war also alles ganz gut verlaufen. Wir gingen dann in unser Haus und im Wohnzimmer tobten wir weiter.

Komisch, der Mini hatte gar keine Angst. Der wollte doch glatt in eines meiner Körbchen. So weit kam es ja wohl noch. Es war zwar das, wo ich noch nie gelegen hatte. Aber von wegen....

Der sollte sich mal warm anziehen. Hier gehört alles mir. ALLES!!!

Bald wurde der Pimpf dann auch müde und ich konnte mal kurz entspannen. Hab mich bei dem „Außerirdischen" vor die Füße geschmissen und ihm klar gemacht, dass selbstverständlich ich die Nummer eins bleibe und auch die Streicheleinheiten so im Verhältnis drei zu eins aufgeteilt werden sollten.

Zuerst kam ich... eine ganze Weile Bäuchikrauli ... und wenn es denn gar nicht anders möglich war dann eben eine minimale Streicheleinheit für den kleinen Rabauken.

Ich hoffte, dass alle das auch begriffen hatten.

Eigentlich müsste der neue Mini gut hören können. Schon beim ersten Anblick hatte ich mich über seine riesigen Ohren gewundert.

Hunde unserer Rasse haben doch laut Vorschrift kleine, dreieckige Ohren.

Okay Frauchen sagt immer Vorschriften sind da, damit man sich nicht daran hält und auch die Natur lässt sich da meist so gar nichts vorschreiben.

Aber sogar meine Lauscher haben eine gewisse Form von Dreieck und außerdem sind sie nicht so riesig.

Klar, ich kann ja auch nicht wirklich gut hören. Und Frauchen behauptet immer, dass ich nicht zuhören will.

Wenn ich da die Riesenlöffel von dem Neuling sehe, dann ist ja wohl ganz klar, dass der jedes Wort verstehen müsste.

Wenn der die zur Seite wegdreht kann er bestimmt fliegen.

Okay ich hör ja schon auf. Man darf sich über niemanden lustig machen. Schon gar nicht wenn man meine sensationelle, einmalige Zunge besitzt. Dagegen sind Riesenohren natürlich nichts.

Der Abend kam und ich war sehr gespannt auf die erste Nacht mit dem Neuzugang.

Die erste Nacht

Wir gingen schon mal nicht zu Bett wie üblich.

Normalerweise wurde mir die Balkontür geöffnet und innerhalb von zwei Minuten hatte ich mein Abendpippi an meinem speziellen Blumentopf erledigt. Dann hieß es „Nachtruhe".

Nicht so am ersten Abend des Neuzugangs.

Balkontür auf. Frauchen ging mit hinaus. Sie setzte sich auf die Liege und redete wie blöde auf den Mini ein.

Immer wieder sagte sie ihm, dass er Pippi machen sollte.

Meine Güte wie dumm war der denn? Der musste doch merken wenn er musste.

Nein, irgendwie schien das nicht der Fall zu sein. Nach fünf Minuten saßen wir immer noch alle auf dem Balkon und guckten uns die Sterne und den kleinen Dümmerling an.

Der kapierte gar nichts. Hatte inzwischen alle Blumentöpfe beschnuppert und sich dann tatsächlich unter die Blumenbank gelegt um zu schlafen.

Oh je, der kannte nicht mal ein Bett. Wo kam der nur her? Ob der draußen genächtigt hatte?

Was wollten wir mit einem so primitiven Mitbewohner?

Frauchen gab nicht auf. Stellte den Kleinen immer wieder auf die Beine und irgendwann machte er tatsächlich mitten auf meinen Balkon ein paar Tropfen Mädchenpippi.
So was! Mittig auf meinen Balkon.

Nein, so ging das nicht.

Schnell rannte ich noch einmal quer über die gesamte Außenfläche um ebenfalls auf die Stelle zu pieseln.

Und was passierte? Frauchen meckerte mich doch tatsächlich an. Ich solle doch gefälligst an meinen Blumentopf gehen.

Die hatte ja wohl echt einen Schaden. Der konnte da mitten herum pieseln und ich? Mein Duft hatte den Balkon zu zieren und nicht der seltsame Gestank des Neulings.

Zum Glück war Frauchen auch froh, dass wir endlich ins Bett konnten.

Ich hätte mich noch über einiges aufregen können - aber ich war einfach zu müde.

Da hatte Frauchen doch tatsächlich fast Saltos geschlagen nur weil der kleine Pupser ein paar Tropfen Mädchenpippi abgesetzt hatte. Was sollte das?

Bei mir wurde nicht mal lobend erwähnt, wenn ich jeden Abend innerhalb von zwei Minuten alles an meinem Blumentopf erledigte.

Na, das konnte ja noch heiter werden.

Gefühlte Stunden später waren wir im Schlafzimmer angekommen.

Der „Außerirdische" hatte es gut. Der hatte einen Raum für sich ganz alleine.

Da wäre ich auch gerne gewesen.
Aber ich konnte ja Frauchen nicht mit dem seltsamen Genossen alleine lassen.

Also ging ich in meine Betthälfte; wie immer.

Sollte der Mini die Frechheit besitzen und auch nur eine Ecke von unserem Bett betreten, dann wäre das aber sein Ende. Dann würde ich ihn zerlegen.

Aber die Gelegenheit bekam ich nicht.

Frauchen brachte ihn auf dem Arm mit ins Zimmer und er wurde sofort in eine Riesenbox gelegt.

Die stand auf der anderen Bettseite - also weit von meiner Hälfte entfernt.

Anstatt Ruhe zu geben jaulte der Winzling was das Zeug hielt und immer wieder versuchte er die Gitterstäbe der Box zu durchdringen. Als gar nichts mehr half und Frauchen schon laut ihre Meditationstexte aufsagte, fing er an zu heulen wie ein Wolf.

Der hatte doch wohl einen Totalschaden. Klar wir stammen alle vom Wolf ab. Aber so ein Theater. Als kultivierter Hund ging man abends zu Bett - bekam noch eine Streicheleinheit, wenn die Lampen schon aus waren und dann hatte man zu schlafen.

Davon hatte der noch nie was gehört.

Aber Frauchen blieb ruhig. Sie kraulte mir immer wieder mein Bäuchi und flüsterte mir zu einfach alles zu ignorieren.

Okay, irgendwann muss das kleine Monster dann wohl eingeschlafen sein.

Als ich nachts Durst hatte und an seiner Box vorbei musste um an meinen Napf zu gelangen da brummelte er ganz seltsam vor sich hin.

Entweder redete er im Schlaf oder er träumte von seinem früheren Leben.

Eigentlich wollte ich ihn ja kurz ärgern; aber bevor der dann wieder Stunden randalierte hab ich es gelassen. Ganz schnell bin ich wieder über Frauchen hinweg in meine Betthälfte gerannt und bin dann beim Gebrummel des Minis wieder eingeschlafen.

Am Morgen um vier klingelte der Wecker - wie immer.
Und siehe da. Der Kleine flitze sofort als die Klappe auf ging aus der Box hinaus und pieselte davor auf die Fliesen.

Frauchen schnappte ihn und brachte ihn auf den Balkon hinaus. Klar ich ging hinterher, musste ja immer da meine Morgentoilette erledigen.

Da wir ja um die Uhrzeit keine Zeit haben, hat Frauchen sogar vergessen mit dem Zwerg zu schimpfen.

Komisch, der ist ein seltsamer Kerl. Nach dem Balkon, wo er aber gar nichts mehr gemacht hatte, legte er sich unter den Küchentisch. Fast an meinem Körbchen lag er mit dem Kopf.

Als der „Außerirdische" sich zum Frühstück hinsetzte, hab ich den Mini vertrieben. Der legte sich dann in den Flur.

Okay, das sollte mir egal sein. Die Küche gehörte uns dreien - das musste er mal sofort lernen.

Dann war die tägliche Nachtaktion erledigt; Küche und Bad waren sauber; und wir gingen alle wieder ins Schlafzimmer.

Komisch, jetzt randalierte der kleine Stinker nicht. Sofort ging er wieder in seine Box und Frauchen konnte die Tür schließen.

Ich bekam meine morgendlichen Streicheleinheiten und wir schliefen alle noch für eine kurze Weile.

Die Nacht war überstanden.

Toll fand ich das alles nicht. Konnte der sich nicht gesittet benehmen - so wie meine Person?

Man würde sehen was der erste Tag brachte.

Ich ahnte Schreckliches!

Der erste Tag

Es wurde schon etwas hell draußen als der Wecker klingelte. Wirklich ausgeschlafen sah niemand von uns aus.

Der Mini raste aber trotzdem wieder nach einer Sekunde aus der gerade geöffneten Box und dieses Mal schaffte er es bis an die Badezimmertür. Gerade wollte er sich hinhocken; aber Frauchen war schneller.

Sie schnappte ihn und los ging es wieder Richtung Balkon.

Was sollte das? Der wurde immer getragen? Ich musste auf eigenen Beinen zum Morgenpippi gehen.

Und überhaupt... Der stellte sich immer so komisch hin. Vorne waren die Beine länger als hinten und die beiden Hinterpfoten standen ganz schief wenn er denn Mädchenpippi machte.

Ich durfte ihn aber nicht auslachen, denn Frauchen hatte gemeint, dass ich auch so komisch ausgesehen hätte, als ich so klein war.

Nun, dann würde sich das ja wohl irgendwann noch normalisieren. Ich hoffte es mal.

Wobei... wer weiß; vielleicht würde der ja auch doch nicht so richtig bei uns einziehen.

Noch bestand die Hoffnung, dass er das Autofahren vielleicht doch nicht vertragen konnte; zumindest wenn Frauchen den Wagen fuhr.

Also blieb ich mal ganz ruhig und wartete ab.

Nachdem Frauchen immer wieder versuchte Socken und Hose anzuziehen, war sie tatsächlich irgendwann fertig mit der morgendlichen Ankleide.

Mensch, hatte das gedauert. Der kleine Irre riss an der Hose herum und immer wenn Frauchen ihr Bein hereinstecken wollte, dann versuchte er mit dem anderen Hosenbein wegzulaufen. Der war doch mächtig dumm.

Mit den Socken gelang es ihm sogar mehrmals bis ins Wohnzimmer zu flitzen.

Na, das würde Frauchen nicht lange mitmachen. Die hatte eh nicht so viel Geduld und dann so eine Mini - Nervensäge.
Vielleicht gehörte mir das Reich bald wieder ganz alleine. Das hätte auch was für sich.

Dann kam das nächste Problem auf uns zu. Ich sollte mein Geschirr anziehen. Eigentlich gar keine große Sache.

Frauchen hielt es hin und ich sprang herein. Nicht so an dem Morgen. Immer wieder versuchte die kleine Krakeelnase in den Verschluss zu beißen und außerdem versperrte er mir den Weg.

Frauchen stellte mich dann kurzerhand auf einen Küchenstuhl.

Das konnte ja noch heiter werden. Dann würde Frauchen sich selbst wohl demnächst auch auf den Küchenstuhl stellen müssen, wenn sie die Socken anziehen wollte.

Egal; irgendwann war es geschafft und wir standen immerhin schon mal im Treppenhaus.

Ich kam an die Leine der Mini durfte frei laufen.

Was sollte das denn?

Der hatte Rechte; die hatte ich nie gehabt.

Okay, wir gingen nur bis zum Auto und der Zwerg verfolgte mich auf Schritt und Tritt.

Dann sprang ich in meine Box.

Nicht so er. Frauchen musste ihn fast gewaltsam in sein Hütti sperren und sofort ging das Geplärre wieder los.

Boah; konnte der denn nicht die Klappe halten?

Wir hörten morgens auf dem Weg zum Pappbecherkaffee doch immer erst die Nachrichten und dann Musik.

Hoffentlich war nichts Dolles in der Welt passiert denn wir konnten nicht ein Wort verstehen.

Frauchen flüsterte mir wieder zu, dass wir die Geräusche von der Rückbank ignorieren wollten. Okay, immerhin war ich der Beifahrer und hatte den besten Platz.

Wir schwiegen also und ganz ehrlich; das Radio war noch nie so laut gewesen wie an diesem Morgen.

Wir waren fast an unseren Kaffeeladen angekommen als der Stinker endlich eingeschlafen war.

Leise ging Frauchen raus und holte ihren Kaffee.

Zum Glück... er hatte nichts gemerkt. Wir konnten also in Ruhe und endlich auf Zimmerlaufstärke Musik hören.

Dann ging es weiter zur Morgenpippirunde.

Normalerweise gingen Frauchen und ich ja gleich vom Parkplatz aus an der großen Straße entlang bis ins Feld und da durfte ich dann an der Schleppileine ganz weit voraus rennen.

Aber ich hatte es schon geahnt.

Alles musste anderes geregelt werden wegen dem kleinen Doofi!

Wir fuhren mit dem Auto bis zu einer Parkmöglichkeit direkt im Feld. Erst da durften wir aussteigen. Und schon das war gar nicht so einfach.

Verdammt, das ging ja gut los. Ich durfte nicht an der Schleppi laufen. Ich musste mit der Rollleine Vorlieb nehmen. Also nur fünf Meter Lauffreiheit.
So ein Mist.

Zumindest durfte ich zuerst aussteigen und sofort losrennen.
Als ich mich umsah war Frauchen noch immer damit beschäftigt den kleinen Quirl einzufangen und ihm das Geschirr anzulegen.

19

Fast ein Drama. Der Dummie rannte immer wieder hinten auf der Ablagefläche hin und her und schien gar nicht zu begreifen dass unsere Morgenrunde anstand.

Irgendwann hatte Frauchen ihn gebändigt und er hing an der Leine. Anders konnte man es nicht nennen.

Nach nur zwei Minuten auf dem Boden hatte er es geschafft sein Vorderbein mit durch das Halsloch im Geschirr zu stecken und er humpelte ganz entsetzlich. Naja klar, wer konnte schon in so einem akrobatischen Zustand laufen?

Frauchen zog ihm noch ein paarmal alles neu an - dann bekam er nur ein kleines Halsband um und die Leine wurde einfach auf die Erde gelegt. Und siehe da. Der Mini rannte immer hinter mir her.

Blieb ich stehen stand er auch. Rannte ich wie ein geölter Blitz ins Feld tat er es mir nach.

Das war ja lustig. Ich kannte mich gut aus.

Also raste ich in einem Affentempo auf den Graben zu. Im letzten Moment bremste ich.

Oh wie schade... er konnte leider nicht so plötzlich bremsen und war plötzlich weg. Er war den Abhang hinunter gefallen. Nun, er hatte Glück. Es war kein Wasser im Graben und Frauchen konnte ihn unversehrt wieder auf die Straße befördern.

Autos kamen da nie und so konnten wir dann noch eine ganze

Weile rennen.

Es dauerte gar nicht solange und wir waren alle müde.

Klar, Frauchen musste ja immer in meiner Nähe mitlaufen. Bei der Schleppileine, da hatten wir fast zwanzig Meter - so waren es mal gerade fünf.

Ich fand es trotz der kurzen Leine irgendwie lustig. Der Zwerg der konzentrierte sich total auf mich.

Na, da würde mir sicher für die nächste Zeit noch so mancher Spaß einfallen.

Zurück am Auto bekamen wir Wasser und ein paar Leckerlies. Dieser Knirps drängelte sich auch noch ständig vor.

Bevor ich mich versah hatte er schon den Kopf im Wassernapf. Und der schmatzte beim saufen. Na, der musste wohl noch eine ganze Menge lernen.

Auf dem Weg nach Hause schliefen wir alle - außer Frauchen. Die schlief zum Glück nicht. Sie brachte uns sicher nach Hause.

Da angekommen konnte der Tagesablauf auch nur bedingt so stattfinden wie normal. Immer musste jemand nach dem Dummie gucken. Frauchen und ich wechselten uns ab.

Manchmal hab ich ihn einfach durch die Gegend geschubst wenn er wieder Blödsinn machte - und das war fast ständig der Fall.

Der fraß Fußleisten an, er pieselte trotz Gassirunde in die Wohnung.

Dann wollte er aufs Sofa springen. Erstens waren seine Beine viel zu kurz - er konnte nicht da hoch kommen und zweitens gehörte die Couch mir. Das hab ich ihm aber auch erstmal mehrmals deutlich und lautstark erklären müssen.

Mittags gab es für dem Pimpf so komisch stinkendes Futter. Das roch ekelig. Da ich es ihm aber alleine nicht gönnte, fraß ich mit und nachher war mir mächtig schlecht.

Das mit dem ekeligen Zeugs hatte sich allerdings dann auch schon am nächsten Tag erledigt.

Nachdem Frauchen die Zusammensetzung des Futters studiert hatte, meinte sie, dass davon kein Zwerg wachsen könnte.

So fuhren wir noch am gleichen Tag in einen kleinen Hundeladen, wo man immer ganz toll beraten wird.

Frauchen bekam mehrere Futterproben und kaufte sofort einen ganz großem Sack Welpenfutter.

Leider wurde dem Nervtöter auch bei der recht rasanten Fahrt wieder nicht schlecht. Langsam schwand meine Hoffnung, dass er irgendwann doch noch ins Auto kotzen würde.

Uih, der Mini sollte also Trockenfutter bekommen.
Mensch; wer dachte dabei an mich?
Das konnte doch nicht sein, dass der was kriegte was ich nicht kauen konnte.

Am Abend gab es die erste Futterprobe für den Winzling. Ich stand daneben und biss mächtig meinen Zahn zusammen. Ich wollte das neue Futter auch haben. Ich schluckte es heile herunter und stellte sofort fest, dass es verdammt gut schmeckte.

Davon hatten wir eine Riesentüte.

Frauchen las alles noch einmal durch und am nächsten Tag hielt sie nochmals Rücksprache mit der netten Frau im Hundeladen und danach durfte ich tatsächlich auch von dem Welpenfutter naschen.

Ich bekam es natürlich sehr schnell hin, dass ich meine weiche Matschepampe, die mir ja eigentlich nie so gut geschmeckt hatte, gar nicht mehr essen musste.

Frauchens Bedenken, dass mein Magen es nicht verkraften würde - nur dieses trockene Futter - waren auch unbegründet.

Der Kleine und ich futterten ja nun dasselbe Futter und bekamen allerdings sonst nichts.

Meine geliebten Leckerchenstangen blieben aus.

Nun ja, okay. Man konnte auch so überleben.

Und wieder mal hatte sich ein altes Sprichwort bestätigt.
„Wo ein Wille da ein Weg!".
Niemand hätte gedacht, dass ich so ohne Zähne nur von Trockenfutter hätte leben können. Und ich muss sagen, es ging mir damit richtig gut.

Wir haben beide immer viel Wasser getrunken - und der Mini der nahm den Wassernapf auch noch als Fußbadebecken. Nach dem saufen sprang er regelmäßig mit allen vier Pfoten in den Napf.

Frauchen wollte mir natürlich nicht zumuten das Wasser dann noch zu trinken, wo der Doofie seine Füße drin gebadet hatte. So bekam ich einen neuen viel schöneren Trinknapf und der gehörte nur mir.

Ja, so verging dann ein Tag nach dem anderen und bald musste auch der Neuzugang zum ersten Mal zum „Mann im grünen Kittel".

Ich fuhr mit.

Zum Glück kümmerte sich aber niemand um mich.

Der Mini bekam eine Spritze und er machte einen mächtigen Budenzauber. Er schrie und tobte. Oh wie peinlich - mein Bruder - so ein Weichei.

Danach ging es ab nach Hause und es wurde beschlossen, dass die nächste Impfung beim Pimpf erst mit sechs Monaten stattfinden sollte.

Ach ja was auch noch lustig war...

Der Doc hielt so ein Gerät an den Mini und der piepte. Oder besser; das Gerät piepte. Es war ein Chiplesegerät. Und der Zwerg hat einen Sender unter der Haut. So kann er, wenn er mal verloren geht immer zu uns zurück gebracht werden. Oh je, also keine Chance ihn loszuwerden.

Ich hab ja so einen Chip nie bekommen. Aber Frauchen hat mir versichert, dass sie oder der „Außerirdische" niemals ins Ausland fahren mit dem kleinen Stöpsel. Jedenfalls nicht solange ich noch lebe.

Schließlich darf ich ja ungechipt nur in Deutschland Urlaub machen. Aber das hat ja bis jetzt auch immer gereicht.

Die Wochen vergingen und der Kleine wuchs mir schnell über den Kopf.

Zwischenzeitlich gab es ab und an heftige Kämpfe. Mal endeten sie blutig; mal gab es viel Geschrei um nichts.

Frauchen ließ sich nie beeindrucken denn sie war sich sicher, dass zwei Rüden niemals auf Kehle gehen würden.

Und sie hatte recht. Wir stritten uns schon mal wirklich heftig; aber am nächsten Tag lagen wir wieder nebeneinander auf dem Bett und das war von mir echt großmütig, dass ich den Dummie mit auf mein Bett ließ.

Eigentlich hatte er neben hunderten von Nachteilen aber auch ein paar Vorteile.

Durch ihn durfte ich viel mehr. Frauchen achtete nicht mehr so sehr auf jeden meiner Schritte. Und ich durfte auch mal raufen und toben.

Frauchen hatte weniger Angst um mich.

Und vor allem konnte ich mal jemanden einfach anmeckern ohne Schimpfe zu bekommen.

Wenn ich Frauchen anschnauzte meckerte sie mit mir; wenn ich den kleinen Doofen mal so richtig zurecht wies, dann ging der in seine Ecke und kam nach einer Weile ganz vorsichtig wieder hervor.

Der wusste wer der Herr im Hause war.

Ja, und um Euch das mal alles zu verdeutlichen gibt es nun einige Fotos.

Da soll niemand sagen ich wäre eitel oder ein kleiner Egoist. Eigentlich wollte ich ja nie andere Hunde in meinen Büchern dulden.

Aber der Kleine gehört ja nun doch dazu und manchmal habe ich richtig Angst, dass er die Operationen, die ihm in einigen Monaten noch bevorstehen nicht überleben könnte.
Das wäre ganz schlimm.

Auch wenn ich dann wieder der einzige Herrscher hier im Hause wäre und auch wenn Frauchen dann wieder jeden Morgen mit mir mit der Schleppi gehen würde; es wäre doch richtig schlimm, wenn ich keinen kleinen Bruder mehr hätte.

Ich meine einen kleinen „großen" Bruder.

Wie immer habe ich die Fotos ausgesucht und Frauchen durfte zu den einzelnen Bilder ein paar Sätze schreiben; die ich natürlich auch diktiert habe.

Auf dem Bild durfte der kleine Stinker mal ganz vorne stehen - aber Ihr könnt Euch ja schon denken, dass das auf Dauer nicht so bleiben wird.

Alleine schon seine kleine, kurze Zunge - einfach lächerlich!!!

Warum eigentlich so viele Fotos von dem kleinen Gnom gemacht wurden...

Ich versteh es nicht. Klar, von mir gibt es ganze Alben.

Aber ich war und bin ja auch wirklich ein ganz spezielles Kerlchen!
Aber der komische Bruder???

Nun ja; seht selbst!

Wenn er schläft, dann ist er ganz erträglich. Frauchen ist immer ganz hin und weg. Manchmal denke ich, dass sie Pippi in den Augen hat, wenn sie den Mini so ansieht, wenn er da liegt und leise vor sich hin schnarcht. Ja Menschen sind schon komisch!

Manchmal ist der Kleine aber auch wach. Dann steht er herum und weiß noch gar nicht richtig wozu er überhaupt auf der Welt ist. Er muss noch verdammt viel lernen.

Angeblich ist der Clown sogar schon gewachsen. Naja, in der Länge vielleicht.

Für den Knirps ist echt alles eine Nummer zu groß. In der Box findet man ihn fast nicht wieder und einen Mantel... in der Größe... gar nicht dran zu denken!

Wenn der Kleine dann mal gute Laune hat versuche ich mit ihm zu spielen, denn ich könnte ihm ja so viel beibringen.

Meist artet es aber in einer wilden Rangelei aus; oder er bekommt Angst und rennt schnell in mein Körbchen, was ihm dann gar nicht gut tut

Manchmal kann man ganz kurz richtig mit dem Mini kämpfen.

Dann ist er aber auch schon wieder müde. Ein echter Kerl wird das nie.

Etwas später

Nun sind wir schon ein paar Monate weiter.

In der Zwischenzeit ist so viel passiert. Frauchen hatte kaum Zeit mal in Ruhe etwas zu lesen geschweige denn alles aufzuschreiben, was ich so zu sagen gehabt hätte.

Es gab Tage, da ging fast nichts mehr. Da rannte Frauchen nur hinter dem immer noch nicht gerade gescheiten Zwerg her und dann musste sie ja auch noch nebenbei den ganzen Haushalt machen und Geld verdienen.

Aber irgendwie hat sie es immer hinbekommen. Klar, wäre ja sonst nicht MEIN Frauchen. Ja mit der Betonung auf MEIN.

Ich teile mittlerweile so einiges mit meinem Bruder. Aber mein Frauchen das gehört nur mir und das wird sich auch im Leben nicht ändern.

Jetzt mal der Reihe nach; die etwas größeren Ereignisse der letzten Monate.

Und das waren keinesfalls nur tolle Sachen die wir da erlebt haben.

Aber wie sagt der „Außerirdische" immer; man soll nur das Gute in Erinnerung behalten.

Ich versuche das dann auch mal.
Aber ich finde da gar nicht so viel; seit wir den Minidummie haben

Urlaub zu viert

Der kleine Stinker war gerade ein paar Monate bei uns, als Frauchen und der „Außerirdische" beschlossen, dass wir alle ein paar Tage Urlaub nötig hätten. Zur Ostsee war es aber zu weit, denn solange hatten wir keine Zeit.

Wir wollten ja nur mal kurz etwas Luftveränderung und das ging auch am anderen Wasser. An dem, was ja nur selten da ist. Also fuhren wir zur Nordsee.

Schon beim Packen war es anders als sonst.

Eigentlich war das nie ein Problem.

Frauchen stellte den Koffer irgendwo hin und so innerhalb von zwei Tagen packte sie alles herein, was wir für die Urlaubstage brauchten.

Wie Ihr ja wisst gehörte mir meist die eine Hälfte des Koffers für meine Medizin und die zweite Hälfte teilte ich mir mit Frauchen für unsere Anziehsachen.

Dieses Mal ging es alles nicht so reibungslos.

Klar wir hätten einfach einen größeren Koffer kaufen können um auch alle „Zutaten" für den Mini mitzubekommen. Aber das war ja gar nicht das Problem.

Viel mehr gab es schon Stress als Frauchen die ersten Teile in den Koffer legte. Es dauerte keine zwei Minuten und mein dummer Bruder hopste herein und klaute alles wieder heraus.

So ein Dummkopf.

Wusste der denn gar nicht, dass wir ans Meer wollten? Wahrscheinlich hatte der noch nie etwas von Urlaub und so gehört.

Anstatt abzuwarten packte er ständig alles wieder aus.

Zum Glück ist Frauchen ja nicht dumm.

Der Koffer wurde oben auf den Schreibtisch gestellt und füllte sich dann dort auch recht schnell.

Nur blöd, dass ich nicht wie sonst auf den eingepackten Sachen Wache halten konnte.

Generell war es ja immer so, dass Frauchen alles zusammenlegte und ich mich dann oben auf die gestapelten Sachen legte und genau aufpasste, dass auch nichts verloren ging.

Und vor allem wusste ich so auch, dass man mich nicht vergessen würde.

Zu dumm. Auf den Schreibtisch konnte ich nicht klettern.

Also saß ich unten am Schreibtischstuhl und guckte zu wie Frauchen packte und mein nervtötender Bruder jeden Gang mit Frauchen hin und her rannte. Und nebenbei versuchte er auch noch dauernd irgend etwas zu erhaschen bevor es im Koffer angekommen war.

Nach nur zwei Stunden; also viel schneller als vor der „Stinkerzeit" war alles gepackt. Frauchen klappte den Kofferdeckel zu und stellte alles auf den Boden.

Gut so, ich konnte mich also auf den Koffer legen und so wurde ich bestimmt mitgenommen wenn es denn endlich losging.

Das dauerte dann auch gar nicht mehr lange.

Wie immer fuhren wir über die Autobahn Richtung Norden.

Der Mini konnte zum Glück das Autofahren gut vertragen.
Die Hoffnung, dass ihm bei Frauchens Fahrstil doch noch schlecht würde, hatte ich aufgegeben. Aber zumindest gab er nun Ruhe während der Fahrt.

Außerdem fuhr ja der „Außerirdische" diese weite Strecke.

Frauchen brauchte nur vorne sitzen und ab und an schlief sie sogar ein. Das war dann so wie früher als wir noch die „Häuser auf Rädern" hatten. Da habe ich ja immer hinten in dem großen Bett gelegen - natürlich in meiner Box; und vorne hat Frauchen geschnarcht während Ex - Herrchen uns durch ganz Deutschland kutschierte.

Nun; auch die Fahrt zur Nordsee war stressfrei für alle.

Es wurde zwar ein paar mal mehrt pausiert, da Frauchen befürchtete, dass der Pupser öfter mal sein Beinchen heben wollte.

So ein Quatsch. Wieso hieß es überhaupt; er würde „sein Bein heben"?

Der Dussel machte doch meist immer noch Mädchenpippi. Der konnte doch gar nicht richtig auf drei Beinen stehen. Der würde nie ein ganzer Kerl - da wurde ich mir immer sicherer.

Aber egal. Die Fahrt verlief reibungslos und gepieselt wurde dann doch erst als wir in unserem Urlaubsquartier angekommen waren.

Ich kannte das ja schon.

Wir hatten schon mal in dem Haus gewohnt. Da hatten wir aber eine ganz große Wohnung mit einer zusätzlichen Atelierwohnung im oberen Bereich.

Da Frauchen aber Angst hatte, dass der Dummie die Wendeltreppe herunterfallen könnte … die Angst hatte sie bei mir allerdings auch.... wohnten wir dieses mal in einer unteren Wohnung.

Erstmal packten wir aus und fuhren dann sofort ans Meer, was natürlich wieder mal vor uns geflüchtet war.

Als wir dann abends zurück in unsere Bleibe kamen merkten wir sofort, dass die Wohnung nicht so toll war wie die vom vorigen Jahr.

Geräusche von allen Seiten und oben wohnten auch noch Leute die nachtaktiv waren.

Die ganze Zeit über hörte man Absätze klappern und eine Frau mit einer schrillen Stimme lachte ständig.

Frauchen lacht ja eher selten. Aber hätte sie so eine schrille Stimme wie die komische Frau von oben, dann würde der „Außerirdische" bestimmt nie zu Frauchen, dass sie doch mal öfter lachen soll.

Nun ja, die Nacht wurde eher unruhig und der Mini war der einzige der schlief. In der Box mit in Frauchen und meinem Zimmer ratzte er die ganze Nacht durch.

Die folgenden Tage waren wir viel unterwegs und sahen ab und an sogar das Meer.

Mittags gingen wir schön essen. Ich blieb oft im Auto während mein Bruder mitgenommen wurde.

Frauchen meinte, dass ich mir das selbst zuzuschreiben hätte.

Okay, ich fand es nicht so toll, wenn andere Hunde in das Restaurant kamen, wo meine Leute und ich speisten.

Es kann nur einen Gott geben und das ist immer der, der zuerst da ist.

In diesem Fall also ich.

Und wenn es dann doch mal ein anderer Hund riskierte das Lokal zu betreten, dann machte ich ihm das sehr deutlich und lautstark klar.

Frauchen fand das gar nicht lustig und versuchte jedes Mal mir zu erklären, dass wir auch nur nur Gäste sind an solchen Orten.

Ich hab es nie eingesehen und so musste ich dann im Auto warten.

War mit auch egal. Es war warm und ich bekam zur Unterhaltung meist das Radio angemacht. So war mit nicht langweilig und ich musste mich nicht über ungehobelte Kollegen aufregen.

Etwas ärgerlich fand ich natürlich, dass der Mini mit herein durfte.

Einmal sagte Frauchen sogar später, dass das gesamte Publikum gar nicht gemerkt hatte, dass ein Hund anwesend war.

Naja, das hätte wohl mit mir nicht passieren können, denn wo ich bin, da sieht man mich vielleicht nicht... aber man hört mich fast immer mal.

Ich hab mich aber schnell damit abgefunden, dass Mini mit durfte und ich nicht. War doch nur ein Beweis dafür, dass meine Leute mir vertrauten und, dass sie froh waren, dass sie einen zuverlässigen Bewacher für ihr Auto hatten.

So ging der Urlaub also sehr schnell vorbei.

Übrigens hatte ich kaum mit offenen Stellen am Bauch zu tun.

Eine ekelige Augenentzündung. Klar, der Wind am Meer macht

mir ja immer zu schaffen.

Aber sonst war alles besser als ein paar Monate zuvor an der Ostsee, wo ich ja fast gestorben wäre.

Wir kamen also wieder Zuhause an und alles wurde wieder ausgepackt. Auch dabei versuchte mein Dummiebruder zu helfen. Wir fanden noch Tage später einzelne Socken im ganze Haus verteilt.

So konnten wir also dann auch den ersten Urlaub zu viert als ganz zufriedenstellend verbuchen.

Manchmal hätte ich den Mini zwar umbringen können aber es gab auch Momente, da mochte ich ihn fast.

Okay, das waren eher seltene Momente; aber immerhin. Es gab sie.

Frauchen merkte inzwischen auch, dass es gar nicht so einfach war mit zwei Hundies.

Und zusammen mit uns beiden spazieren gehen, das war fast unmöglich.

Ich hatte es nach dem Urlaub dann doch immer mehr mit meinen alten Knochen zu tun und mein Bruder, der wollte immer nur rennen.

So musste Frauchen dann immer alle Strecken doppelt laufen. Einmal ganz langsam mit mir und dann nochmal im Dauerlauf mit dem Jungspund.

Irgendwie klappte das aber auch alles und am Wochenende da wurde der Kleine immer zum Hund des „Außerirdischen".

Das hatte sich so ergeben - irgendwie.

Solange ich aber noch meine Streicheleinheiten bekam konnte ich es dulden.

Und wenn mal nicht sofort an mich gedacht wurde, dann verstand ich es auch recht gut, mich in Erinnerung zu bringen.

Zuerst habe ich mich vor irgend welche Füße geworfen und meinen Bauch in die Luft gestreckt und wenn das dann immer noch nicht den gewohnten Erfolg brachte, dann bin ich entweder aufgestanden und musste plötzlich humpeln oder...

Nun ja, wenn denn gar nichts mehr half, dann habe ich eben mal kurz geknurrt und zugebissen.

Natürlich nur beim „Außerirdischen"; bei Frauchen wäre mir danach nie mehr der Bauch gekrault worden.

Aber meist lief alles reibungslos und zu meiner vollsten Zufriedenheit.

Das Fest der Freude

Und dann dauerte es gar nicht mehr lange...

Erst gab es mal einen Freudentag.

Naja Frauchen sah das natürlich wieder mal ganz anders. Es war ihr Geburtstag und sie sah das nicht gerade als Freude, dass sie schon wieder ein Jahr älter wurde.

Man konnte ihr noch so oft sagen, dass sie einen Tag vor diesem immer so gelobten oder gehassten Tag genau so ausgesehen hatte wie einen Tag danach. Sie mochte keine Geburtstage und sie verstand auch nie die Leute, die großes Brimborium drum machten, wenn sie denn wieder ein Jahr gealtert waren.

Bei uns wurde das nicht gefeiert.

Klar Frauchen bekam vom „Außerirdischen" den wir inzwischen nun auch manchmal Herrchen nannten ein paar Geschenke. Aber sonst war es ein Tag wieder jeder andere.

Vier Tage später stand ein echt toller Tag an

Mein Geburtstag. Ich sah das mit dem Älterwerden nicht so eng und ließ mich gerne groß feiern.

Man durfte mich beschenken und die ein oder andere Leckerei außer der Reihe war bei mir immer willkommen.

Wie jedes Jahr bekam auch ich Geschenke und Frauchen lobte

mich ganz doll, dass ich nun doch tatsächlich schon neun Jahre alt wurde.

Das hatte sie wohl nicht gedacht, dass ich so ein zäher kleiner Kerl wäre.

Wir gingen noch spazieren und abends bekam ich noch ein besonderes Nachtmal. Dumm nur, dass auch mein Zwergenbruder das gleiche zu futtern bekam. Der hatte doch gar nicht Geburtstag.

Mir egal; ich sah nur zu, dass ich meine Leckerei schnell in mich hinein stopfte, denn der Mini klaute wie verrückt und wenn er merkte, dass ich nicht so schnell schlucken konnte wie er... dann gab es kein Halt mehr und er stürzte sich auch noch auf meine Delikatessen.

Ich konnte es zum Glück vermeiden.

Ganz klar, dass ich da aufpassen werde, wenn er denn Geburtstag hat. Wehe dem, ich bekomme da nicht auch ein so tolles Essen. Aber das dauert ja noch.

Ist sowieso komisch.

Man kann ja in zwölf verschiedenen Monaten Geburtstag haben; hat Frauchen mir beigebracht.

Ich und Frauchen haben im gleichen Monat - und Mini und Herrchen haben auch beide in demselben Monat ihren Freudentag.

Komisch irgendwie.

Und das ganze hat dann auch noch so andere Bedeutungen wie Frauchen immer erklärt.

Da gibt es so seltsame Bilder die jedem Monat zugeordnet werden.

Man nennt das Sternzeichen.

Was das ist weiß ich nicht genau. Frauchen hat es mir zwar schon mehrmals erklärt. Aber ich begreife es nicht.

Finde ich auch nicht so wichtig. Ich bin nach diesen Sternzeichen angeblich ein „Skorpion". Frauchen ist auch so einer. Und irgendwie sind die Tiere nicht so beliebt. Das hat wiederum was mit den Charaktereigenschaften der einzelnen Sternzeichen zu tun.

So ein Blödsinn.

Ich bind der Soki und ich bin ich. Ob ich nun ein Skorpion bin oder irgend so ein anderer.

Mein Charakter ist einmalig und das wird jeder bestätigen der mich mal in vollem Elan erlebt hat.

Nun ja, Frauchen sagt von sich selbst auch, dass sie als Skorpion nicht so sehr beliebt ist.

Sie ist wie ich.

Sie hat eine große Klappe, sagt immer was sie denkt und wenn irgend einem Wesen unrecht getan wird dann greift sie ein.

Vor allem dann, wenn es sich um Schwächere handelt, die sich selbst nicht wehren können.

Das finde ich doch klasse, denn sonst wäre ich ja auch gar nicht zu meinem Frauchen gekommen.

Okay, beißen tut Frauchen eher nicht; so wie ich.

Aber viele sagen, dass sie eine tolle Freundin ist und mit jedem durch dick und dünn geht; dass man sie aber besser nicht zum Feind hätte.

Nun dann ist das eben so. Ich finde wir sind gut wie wir sind und wir werden auch so bleiben. Zwei Skorpione, die wissen was zu tun ist.

Ganz anders mein Dummiebruder und unser Herrchen.

Die sind beide Stiere. Aber der „Außerirdische" ist genau zwischen zwei Sternzeichen geboren. Der weiß also gar nicht so genau wohin er gehört vom Charakter her.

Und Frauchen sagt immer, dass man das am Anfang wo sie ihn kannte, deutlich spüren konnte.

Mittlerweile hat er den Charakter in Richtung Stier entwickelt und so einer ist auch der Mini.

Die sind ruhiger als Skorpione. Und sie können sich auch nicht so einfach durchsetzen.

Das konnte Herrchen am Anfang nie. Daher hatte er ja auch den Namen „Lusche" bekommen.

Den dürfen wir aber jetzt nicht mehr sagen, denn er hat sich echt zum Guten entwickelt und er weiß fast immer genau was er will.

Er sieht andere Personen nicht mehr als „heilig" an und er hat erkannt, dass jeder Mensch sich den Po nur mit Papier abputzt.

Und ob das solches ist, wo Frauchen immer meterweise was von braucht, wenn mein Bruder wieder mal irgendwo hin gepieselt hat oder Papier mit Goldauflage, das ist so was von egal.

Ein reicher Mensch ist null mehr wert als ein ganz „normaler". Und „normal" sind wir hier in unserem Haushalt alle nicht und darauf ist Frauchen auch stolz.

Sie sagt immer, besser die Leute reden als sie merken gar nicht, dass man da ist. Nur wenn man in der Menge untergeht dann hat man etwas falsch gemacht.

Das sehe ich genau so. Wo ich mal war erinnert man sich an mich und das ist gut so.

Mittlerweile ist es auch so, dass Herrchen und Frauchen mal diskutieren können.

Meist läuft das friedlich ab. Klar Herrchen ist schon etwas

ruhiger als Frauchen aber es klappt jetzt endlich mit dem reden. Würden allerdings ein Stier und ein Skorpion mal so richtig aneinander geraten wäre das auch sehr gefährlich.

Der Skorpion ist giftig und wenn er sein Gift in den Körper eines anderen Menschen bringt dann stirbt der vielleicht sogar. Na das wollen wir ja nicht, dass der „Außerirdische" vergiftet wird.

Und umgekehrt kann der Stier mit seinen Hörnern auch Schaden anrichten, der nicht wieder gut zu machen ist.

Da wir auch kein aufgespießtes Frauchen wollen, ist es schon ganz gut dass alle jetzt vernünftig miteinander diskutieren können.

Wobei wir wieder am Anfang wären.

Ob Skorpione... oder Frauchen und ich; wir sind schon ganz schön gefährlich.

Nun, eigentlich wollte ich ja von den Geburtstagen berichten.

Also die waren dann für Frauchen und mich erledigt.

Dann gab es eine kurze Pause und dann kam Weihnachten.

Das hatte ich ja schon mehrmals erlebt. Auch da sind wir anders als s die meisten Familien. Das gibt kein großes Gezeter und auch zu essen gibt es nicht wer weiß was alles.

Frauchen sagt immer, dass wir uns immer alles leisten können und so oft essen gehen; da muss man nicht zu Weihnachten so tun als gäbe es am nächsten Tag nichts mehr.

Außerdem denkt sie natürlich auch an die Figur.

Sie müsste ja dann nach Weihnachten jedes Gramm, das mehr auf ihren Rippen säße wieder abnehmen.

Also ist auch Weihnachten für uns nichts Dolles.

Aber es war immerhin das erste Weihnachtsfest mit dem Mini. Und daher war es dann doch etwas Besonderes.

Am Heiligabend fuhren wir nach Oma und Opa Pelkum.

Das war wie immer in den letzten Jahren. Frauchen kochte vorher und wir nahmen das Weihnachtsessen mit.

Als wir ankamen war es dann aber nicht so ganz wie immer. Sonst konnten wir uns einfach gemütlich aufs Sofa setzen - ich natürlich zuerst - und dann warteten wir, dass es irgendwann Bescherung gab.

Ja so heißt das, wenn es denn endlich die Geschenke gibt.

Früher fuhren wir erst am Nachmittag zu Oma und Opa und dann dauerte es gar nicht solange bis ich endlich alle Päckchen - egal ob meine oder die von allen anderen - auspacken durfte.

Seit Frauchen aber immer für das Essen zuständig ist, da geht es schon vormittags los.

Und ich sage Euch... Das dauert dann noch so... lange bis es zum spannenden Teil des Tages kommt.

Man sitzt und wartet und dann wird erst gegessen und dann wartet man wieder.

Dann wird schon wieder gegessen - Kaffee und Kuchen - und dann wartet man wieder.

Bei all der Warterei hat man schon fast vergessen, dass Weihnachten ist.

Mini hat das auch alles nicht begriffen. Aber der versteht ja eh meist nichts.

Mir war so langweilig und deshalb hab ich den Dummie dann ein bisschen geärgert.

Hab ihn immer angestarrt. Das kann er nicht vertragen und rennt dann plötzlich los.

Na, ich wusste es doch. Hat gar nicht lange gedauert und weil ja keiner bemerkt hat, dass der Mini nur durchdrehte weil ich ihn dauernd angeglotzt habe bekam er so richtig doll geschimpft.

Das war lustig und so ging auch die Zeit bis es dann doch endlich die Geschenke gab noch halbwegs schnell vorbei.

Nachdem wir alle was bekommen hatten und auch Oma und Opa sich wieder mal gefreut hatten; fuhren wir dann nach Hause.

Mini und ich hatten nur das bunte Papier der Geschenke bekommen.

Ja echt; nicht mal einen Kauknochen oder so.

Nun ja, konnte man nichts machen und eigentlich hatte ich so wie so immer am meisten Spaß daran, das Papier zu zerfetzen.

Mini hielt sich ziemlich zurück. Er wollte ja nicht noch einmal von Frauchen angeraunzt werden.

Zuhause gab es dann die richtige Bescherung.

Frauchen schenkte Herrchen natürlich wieder soooo viel, dass wir - der Mini und ich - fast eine ganze Tonne Papier zum spielen hatten.

Herrchen hatte für Frauchen zwar nicht so viel Verpacktes, aber dafür hatte sie wieder mal „Pippi in den Augen". Naja das kenne ich ja schon.

Immer wenn Frauchen diesen Zustand hat, dann ist entweder etwas wirklich Trauriges passiert, oder sie freut sich ganz dolle.

In diesem Fall wusste ich sofort, dass sie wieder mal nur zu nah am Wasser gebaut hatte und sich eigentlich freute.

Alles in allem also ein ganz gutes Weihnachtsfest - keiner hatte Magenschmerzen vom vielen essen und Mini und ich bekamen abends eine dicke Kaustange.
Alle waren zufrieden!

Schlechte Nachrichten

Das neue Jahr hatte begonnen und aus Silvester hatten wir ganz gut überstanden. Frauchen hatte ja damit gerechnet, dass mein Dummiebruder vor lauter Angst bei den Böllern nie mehr hinterm Sofa vorkommen würde.

Erstens wurde aber fast gar nicht geknallt in unserem Dorf und zweitens war ich ein so tolles Vorbild für den Mini, dass er keinerlei Angst zeigte.

Ich bin mir natürlich wieder mal ganz sicher, dass nur ich dafür gelobt werden muss, dass der Zwerg tatsächlich auf dem Sofa liegen blieb und erst im letzten Monat mitbekam, dass überhaupt draußen etwas los war.

Ich schlafe fast immer ins neue Jahr und da ist es mir ganz egal, ob Böller im Garten herunter kommen oder ob ich nur die Knallerei aus dem Fernseher höre.

Warum sollte mein Bruder denn da Angst bekommen, wo ich ihm so schön etwas vor geschnarcht habe.

Erst als um kurz vor eins dann doch noch eine verspätete Rakete auf unserem Balkon landete, da sprang der Mini auf; und...
Na ich dachte, er wäre lebensmüde.

Der rannte direkt auf mich zu und wollte sich an mich kuscheln. Der war doch wohl nicht mehr ganz normal!

Vielleicht hatte er so im Halbschlaf gedacht, dass ich ein

großer Hund aus seinem früheren Rudel wäre, oder was auch immer.

Ich hab ihn mal eben vom Gegenteil überzeugt, ihn ganz doll angeknurrt und schon flüchtete das Weichei zu Frauchen.

Sie machte ihm aber auch sofort klar, dass der Böller keine Gefahr darstellte und schon legte er sich wieder auf seinen Platz auf der Couch und schnarchte weiter.

So weit so gut.

Doch dann kam der Tag als ich zum ersten Mal irgendwie Angst um den kleinen Dummie hatte.

Wir wussten ja schon lange, dass der Mini aus sehr schlechten Verhältnissen kam und so war auch klar, dass der „Mann im grünen Kittel" ihm wohl mal irgendwann die nicht gezogenen Wolfskrallen entfernen müsste.

Dann hatte Frauchen kurz nach Weihnachten entdeckt, dass der Mini irgendwie komisch aussah im Gesicht.

Er hatte gar keine schwarze Nase mehr und seine Schleimhäute in der Schnauze waren immer ganz weiß.

Also ab zum Tierdoc.

Was für ein Glück, ich musste nicht mit herein und durfte im Auto warten. Eigentlich mag ich es nicht, wenn Frauchen die Türen zu macht und ich zurück bleiben soll. Aber in diesem

Fall fand ich es gut, denn ich konnte mir schon lebhaft vorstellen, was der kleine Mini, dieser Jammerlappen, für ein Theater machen würde, wenn er nur den großen „Mann im grünen Kittel" sehen würde.

Frauchen und der Zwerg blieben verdammt lange weg.

Ich hatte mehrmals die Nachrichten im Radio gehört und die kamen nur jede Stunde. Irgendwann war ich dann wohl eingeschlafen.

Frauchen hatte Mini ganz eng an sich gedrückt und sie weinte als sie wieder ins Auto kamen.

Dieses Mal war es kein Freudenpippi in ihren Augen. Das war Traurigkeit.

Sie sagte nichts; legte den Dummie in die Box, die neben meiner stand und wir fuhren nach Hause.

Da erzählte sie dann unserem Herrchen was los war.

Also, mein Bruder hat eine Autoimmunerkrankung.

Was das ist habe ich nicht verstanden. Hat aber nichts mit Autofahren zu tun; auch wenn ihm da ja inzwischen auch immer mal schlecht wird.

Also diese komische Krankheit ist wohl sehr schlimm. Der Mini hat deshalb immer das Zahnfleisch ganz weiß und seine Nase ist ganz hell rosa geworden.

Das wäre ja nicht so schlimm, wenn es nur die Optik wäre. Aber irgendwie muss er wohl richtig krank sein.

Herrchen war ganz entsetzt und Frauchen weinte schon wieder.

Als sie dann sagte, dass ich ja nun schon so alt wäre und der Kleine vielleicht noch eher sterben würde als ich; da wäre ich ihr am liebsten auf den Schoß gesprungen und hätte ihr durchs Gesicht geleckt. Dann bekommt sie nämlich sofort wieder ganz andere Laune. Weil das ja sooo ekelig ist.

Und außerdem hätte ich ihr auch gerne gesagt, dass ich so schnell bestimmt noch nicht in die ewigen Jagdgründe gehen will.

Klar, ich habe Allergien aller Art, meine Bauchspeicheldrüse arbeitet nicht mehr richtig und meine Ohren sind manchmal so von Ausschlag befallen, dass Frauchen Angst hat, dass sie abfallen könnten.

Aber wäre ich der Soki, wenn ich nur deshalb ans Sterben denken würde?

Nun ja, ich blieb unten sitzen und irgendwie tat mir in dem Moment nicht nur mein Frauchen leid sondern auch mein Dummiebruder.

Der lag immer noch ganz kraftlos neben Frauchen auf dem Kissen.

Das wäre wirklich schade, wenn er nicht mehr da wäre. Klar, ich ärgere ihn recht gerne. Aber einfach tot sein; nein das wollte ich doch wirklich nicht.

In den nächsten Tagen war die Stimmung sehr gedrückt.

Bei mir platzte der ganze Bauch wieder auf. Frauchen konnte noch schlechter sehen als sonst. Ihr schlug jeder Stress sofort auf die Augen.

Dann kam hinzu, dass sie natürlich stundenlang im Internet suchte und nichts fand; weil sie ja auch gar nicht genau wusste was sie eigentlich suchen sollte.

Viele andere Herrchen und Frauchen schrieben, dass ihre Hunde mit eben dieser Krankheit nur ein Jahr alt geworden waren.

Andere meinten, dass es auch durchaus Aussicht auf Besserung geben würde.

Alles so unklar und wenn Frauchen etwas braucht dann ist es Klarheit.

Herrchen suchte nicht nach Lösungen. Er zog sich eher mehr zurück.

Es war so, als würde er sich lieber gar nicht so sehr an meinem Bruder gewöhnen wollen, wenn der denn vielleicht wirklich nicht mehr so lange bei uns sein würde.

Das wiederum konnte Frauchen gar nicht verstehen. Sie sagte immer, je kürzer ein Leben ist, desto schöner muss es sein.

Also wurde der Mini von ihr noch mehr verwöhnt und auch um mich kümmerte sie sich auch ganz doll, denn auch ich tat ihr so leid, mit meinem offenen Bauch.

Dann kam es wie meist, wenn Frauchen eine Situation als ungeklärt oder gar aussichtslos ansieht.

Sie suchte wieder im Internet - dieses Mal aber nach so komischen Menschen, die mit Gebeten oder so etwas gesund machen können.

Eigentlich kriegt Frauchen das ja immer ganz gut selber hin - mit Reiki. Das macht sie ja jeden Abend auch für mich.

Aber sie hatte so etwas gelesen von „beten" und, dass man dann gesund wird.

Es dauerte nicht lange und sie hatte jemanden gefunden, den sie anrief.

Aber nach einem kurzem Gespräch legte sie murrend auf. Das passierte dann noch einige Male.

Erst fast einen Monat später redete sie ganz lange mit so einem Gebetsmenschen am Telefon. Man nennt diese Leute übrigens Heiler. Ja die machen kranke Menschen wieder heile.

Sie schrieb dann noch einige Male mit diesem Heiler hin und her und dann beschloss sie, nicht einfach sogenannte Sitzungen zu „buchen". So macht man das nämlich eigentlich.

Man sagt dem Heiler was man hat und der betet dann für einen.

So habe ich es zumindest verstanden.

Frauchen wollte dieses beten aber selber lernen.

Wie immer; typisch Frauchen.

Wenn sie schon Geld ausgab, dann auch gleich richtig viel und dann musste am Ende auch etwas dabei heraus kommen.

Sie bekam Unterlagen zugeschickt. Dann lernte sie und manchmal saß sie wirklich Stunden über den Büchern.

Sie brummelte vor sich hin und immer wieder legte sie die Hände auf ihre Augen, auf den Mini und auch auf meinen Bauch.

Es war heiß, wie immer. Aber sonst war für mich nichts Neues zu spüren.

Oft redete sie mit ihrer Freundin über die Lernerei.

Und genau so oft meinte Frauchen , dass sie ja eigentlich mit beten nichts am Hut hätte und, dass sie alles aber weder gläubig noch irgendwie „heilig" sei.

Trotzdem; sie lernte und lernte.

Und dann kam der große Tag.

Frauchen sagte uns schon die ganze Woche vorher, dass wir an dem besagten Tag ganz lieb und vor allem leise sein müssten.

Ich verstand nichts und leise war ich eh nur wenn ich Lust dazu hatte.

Okay, dann war es so weit.

Verstanden hab ich nicht wirklich, was da passierte.

Es sah aus wie immer, wenn Frauchen mittags Reiki macht.

Sie legte sich hin und wurde ganz ruhig. Nur dieses Mal lief nicht die Musik, die ich vom Reiki kenne. Es war ganz still.

Nur so ganz leise im Hintergrund da lief eine Meditations CD. Die kenne ich auch recht gut, denn wenn die läuft, dann habe ich zu schweigen.

Es dauerte fast eine Stunde und zwischendurch hatte ich den Eindruck, als würde Frauchen schlafen.

Da ich ja weiß wie sauer sie wird, wenn ich während dieser komischen Phasen etwas sage, hab ich lieber geschwiegen.

Und was ganz komisch war; der Mini legte sich bei Frauchen auf den Bauch und sagte ebenfalls keinen Mucks.

Gerne hätte ich ihn ja da vertrieben. Wenn überhaupt jemand auf Frauchen herum liegen durfte dann doch wohl ich.

Aber okay, einmal ist keinmal...

Und dann stand Frauchen irgendwann auf, machte die Musik aus und hatte total gute Laune.

Eigentlich hatte ich erwartet, dass sie sofort mit uns in den Garten gehen würde. Tat sie aber nicht.

Mein Dummiebruder guckte nur einmal verschlafen hoch, als er von Frauchens Bauch herunter kullerte; dann schlief er weiter.

Und Frauchen?

Die ging zum Telefon und redete tatsächlich mehr als eine Stunde mit dem komischen Menschen, der beten konnte.

Sie lachte viel und war irgendwie ganz ruhig und gelassen.

Nicht schlecht, so konnte sie bleiben.

Als sie dann endlich fertig war mit dem Telefonieren machten wir einen kleinen Spaziergang. Ich, Dummie und Frauchen.

Das war ein komischer Tag.

Da die beiden - Bruder und Frauchen - so ruhig waren hatte ich wirklich richtig Probleme meine Bellarien loszulassen.

Also ging ich halbwegs gesittet neben ihnen her.

Abends erzählte Frauchen unserem Herrchen dann, dass alles gut geklappt hätte.

Was auch immer dieses „ALLES"! war...
Mir gefiel es auf jeden Fall gut, denn Frauchen war für ein paar Tage wirklich ausgeglichener als sonst.

Selbst wenn ich wieder mal mehrmals hintereinander auf meinen Bruder losging, rastete sie nicht aus, sondern rief mich nur zu sich und schickte mich ins Körbchen.

Ich wollte den Mini ja auch gar nicht mehr so doll maßregeln und ärgern.

Aber irgendwie konnte ich es auch nicht lassen und, dass er vielleicht bald sterben würde, das verdrängte ich ganz schnell aus meinem Kopf.

Man soll doch immer positiv denken.

Also werde ich noch lange mit ihm toben können und ab und an kann ich ihn sicher noch in Löcher springen lassen und ihn in Gräben jagen.

Ich meine das ja auch meist gar nicht wirklich böse.

Es ist doch einfach nur lustig, wenn er dann immer so dasteht und den Kopf auf den Boden senkt.

Wäre er so mutig wie ich, dann hätte er mich schon längst mal angeschnauzt oder gar gebissen.

Dann würde ich diese Attacken sicher gar nicht mehr machen.

Aber wenn er sich doch nichts zutraut, dann muss ich eben manchmal so einen Unsinn fabrizieren!

Glaube versetzt Berge

Frauchen behielt wirklich lange diese entspannte Laune.

Sie war so wie so anders als vor dem komischen Tag.

Klar, ich hatte ja schon immer jeden Abend Reiki bekommen, aber jetzt gab es nach dem Reiki noch eine Zugabe.

Da legte Frauchen dann ihre Hände auf meine offenen Stellen am Bauch und an den Ohren und brummelte was vor sich hin.

Obwohl sie ja sonst eine klare und deutliche Aussprache hat konnte ich nie ein Wort verstehen.

Sie brummelte und auf meiner Haut wurde es immer wärmer und manchmal so richtig kribbelig.

Das machte sie dann auch bei meinem Bruder und bei ihm sogar dreimal am Tag.

Klar, der war wieder ganz anders als ich.

Während ich es genoss und manchmal sogar einschlief, wenn Frauchen sich mit mir beschäftigte wurde der Mini unruhig.

Manchmal fiepte er als würde er heiße Nadeln im Rücken haben.

Er hatte doch auch schon so oft Reiki bekommen. Aber so richtig entspannen konnte er sich nicht.

Und als Frauchen dann auch bei ihm diese komischen Sätze brabbelte, da wollte er manchmal sogar fliehen.

Natürlich ließ Frauchen das nicht zu.

Bei mir hätte sie geschimpft.

Bei ihm holte sie eine Tube Leberwurst aus der Küche.

Ihr wisst schon diese leckere Hunde - Leberwurst in Tuben.

Ich kriege die nur wenn ich mal ganz besonders lieb bin . Also eigentlich bekomme ich sie fast nie.

Ja, die holte sie dann und sobald der Dummie die Tube sah, legte er sich ganz lieb hin und blieb auch liegen.

Bestätigte wieder mal meine Vermutung, dass der schon sehr dumm sein musste, denn der hatte die Wurst gar nicht bekommen. Ihm reichte es schon, wenn er die Tube angucken durfte.

Naja, egal.

Er blieb liegen und bekam dreimal am Tag die Hände aufgelegt und wurde auch angebrummelt von Frauchen.

Danach bekam er dann tatsächlich etwas von der Wurst.

Da Frauchen ja einen sehr ausgeprägten Gerechtigkeitssinn hat, durfte auch ich immer einmal an der Tube lecken und hab mir natürlich sofort ein ganz dickes Stück Wurst einverleibt.

Das ging dann jeden Tag so und selbst Herrchen versuchte auch diese komischen Sätze auswendig zu lernen und manchmal legte er dann die Hände bei mir auf den Rücken und ich muss schon sagen, das wurde auch mächtig warm.

Mit meinem Bruder beschäftigte er sich allerdings nicht mehr so viel.

Irgendwie glaubte Herrchen wohl, dass der Zwerg eh nicht mehr lange leben würde und, dass ihm dann der Abschied nicht so schwer fallen würde.

Frauchen sah das alles zum Glück anders.

Sie tat alles um den Zwerg zu retten oder um ihm zumindest ein schönes Leben zu gestalten - solange wie es eben sein sollte.

Manchmal war sie sogar richtig gemein.

Sie sagte doch tatsächlich mal zu mir, dass ich eher dran wäre als mein Bruder.

So eine Gemeinheit. „Dran sein" wie sich das schon anhört.

Klar ich hatte da gerade vorher zweimal auf Mini eingeprügelt, hatte ihm so doll an den Ohren gezogen, dass sie fast bluteten und zur Krönung war mir schlecht geworden und ich hatte auf den Teppich gekotzt.

Trotzdem war ich mir sofort sicher, dass Frauchen es nicht so gemeint hatte.

Sie wollte wohl nur sagen, dass ich noch so um die zehn Jahre leben sollte und mein Bruder eben mindestens noch zwanzig.

So verging die Zeit und Mini lebte nun schon fast sieben Monate bei uns.

Er war zwar rappeldürr und manchmal wollte er auch nicht fressen.

Das fand ich gar nicht so schlimm, denn dann bekam er immer Hähnchenbrustfilet und natürlich konnte Frauchen es gar nicht ertragen, wenn der Dummie dann an seinem Teller stand und nur dumm guckte während mir das Wasser im Mund zusammen lief.

Also bekam ich natürlich auch ein dickes Stück von dem tollen Fleisch.

Zum Glück mochte der Mini das dann nach ein paar Wochen auch recht gerne und so wurde es bald zum Ritual, dass wir beide jeden zweiten Tag ein Genießermenü mit Hähnchen bekamen.

Das blieb dann auch so, als der Zwerg tatsächlich auch mal Hundefutter zu sich nahm.

Ja, wir werden schon sehr geliebt.

Aber was nun den Glauben und die Berge angeht...

Frauchen brummelte unbeirrt Tag für Tag ihre Sätze und irgendwie fand ich die Wärme, die dann aus ihren Händen kam recht angenehm.

Es war noch intensiver als früher beim Reiki. Natürlich bekam ich das auch noch jeden Abend.

Keiner wusste aber so richtig, was die gebrummelten Sätze von Frauchen eigentlich bewirkten.

Und auch wenn Frauchen am Telefon mit ihrer Freundin drüber sprach konnte sie nicht wirklich sagen, warum da nun was passierte in unseren Körpern.

Egal...

Auf jeden Fall war bei mir nun schon seit einer Woche die ganz dicke offene Stelle am Bauch mit einer dünnen Hautschicht überzogen und beim Mini, da hatte das ganze eher die Wirkung, dass er mal ab und an ganz von alleine an seinen Futternapf ging.

Früher hatte er immer nur ganz angewidert davor gestanden und war dann schnell wieder weggelaufen.

Mittlerweile wartete er auf besonders gute Leckereien und fraß sie sogar ganz alleine.

Eigentlich hätte ich ihn ja dann gerne geärgert und ihm gezeigt, dass natürlich noch immer ich der Herr im Hause bin.

Aber wenn ich ihn dann so da stehen sah mit seinen dünnen Hühnerbeinchen, dann hab ich ihn lieber in Ruhe gelassen.

Klar, manchmal musste ich ihm schon zeigen wer der Boss ist. Aber nicht wenn es um die Fresserei ging; ich bekam ja auch die gleichen Naschereien wie er.

Außerdem wollte ich nicht Schuld sein, wenn er dann irgendwann wirklich mal völlig entkräftet und unterernährt das Zeitliche segnen würde.

Was auch immer das sein mochte..

Es ging uns beiden viel besser, seit Frauchen diese neue alternative Heilmethode gelernt hatte.

Und was auch noch komisch war...

Frauchen war viel ausgeglichener als vorher. Klar, sie machte noch immer drei Teile auf einmal. Aber sie schrie nicht mehr gleich los, wenn wir uns mal jagten.

Früher hatte sie sich immer lautstark aufgeregt. Und je mehr sie schrie, desto toller fand ich das eigentlich. Denn ich wollte doch nur spielen. Eben auf meine Art und Weise.

Und nach der ganzen Lernerei, da sah Frauchen dann nur zu uns rüber und sagte so Dinge,wie: „Ihr werdet wissen, was ihr tut!"
Klar ich wusste es.

So ging es eine ganze Weile und manchmal war der Mini ein echter Kumpel für mich.

Der Alltag

Inzwischen hatte sich ein sehr komischer Alltag bei uns eingespielt.

Es war nicht mehr wie am Anfang; als Herrchen, Frauchen und ich noch alleine waren.

Klar, wir waren ja nun auch einer mehr. Aber daran lag das wohl nicht wirklich.

Eher war es alles nicht mehr so fröhlich wie früher.

Der „Außerirdische" und Frauchen lachten weniger und wenn Mini und ich mal Blödsinn machten dann konnten sie auch nicht wirklich gemeinsam Freude an unseren Spielchen haben.

Frauchen schien mir auch nicht mehr so wirklich glücklich zu sein.

Früher als wir noch das Ex - Herrchen hatten, da war es oft so, dass Frauchen mal richtig sauer war und die beiden die konnten dann stundenlang diskutieren.

Na, die nannten das zumindest so.

Sie stritten schon ab und an recht heftig. Aber am Ende haben dann beide gesagt, dass das mal alles gesagt werden musste und dann war alles wieder gut und beide konnten wieder lachen.

Frauchen redete dann immer von einem Gewitter, was die Luft

gereinigt hatte.

Was das bedeutete hab ich nie verstanden, denn ich kenne Gewitter nur draußen und das gefällt mir gar nicht.

Da kommt erst ein helles Licht und dann ein lauter Knall und immer wenn das so ist, dann ist Frauchen eher sehr ruhig. Zumindest tut sie nach außen so.

In Wirklichkeit ist sie ganz angespannt; will aber nicht, dass es einer bemerkt.

Im Gegensatz dazu war sie bei dem Gewittern mit Ex - Herrchen nicht ganz ruhig und angespannt war sie auch nicht. Sie konnte dann mal so richtig losbrüllen und das war lauter als der Knall nach dem hellen Licht draußen.

Egal. Ex - Herrchen und sie stritten nun schon lange nicht mehr.

Jedenfalls konnten sie meist in ausgeglichenem Ton miteinander reden.

Aber auch mit dem „Außerirdischen" gab es diese Gewitter nie.

Und genau das störte Frauchen.

Sie sagte oft zu ihrer Freundin, dass sie unbedingt mal klare Luft bräuchte und, dass es eben mit unserem neuen Herrchen nicht möglich wäre ein Gewitter herzustellen; oder wie man das nennt.

Ja und daher war es wohl so gekommen, dass Frauchen nie mehr so richtig fröhlich sein konnte.

Klar, wenn sie mit mir und dem Mini unterwegs war dann lachte sie und sie kannte ja auch viele Leute mit denen sie redete. Aber trotzdem war es nie mehr so wie am Anfang als wir zu dritt waren.

Wenn ich Frauchen dann mal wieder ganz lieb die Hand leckte meinte sie oft, dass sie gerne die alten Zeiten zurück hätte.

Aber sie sagte auch jedes Mal, dass es keinesfalls an meinem neuen Bruder läge, dass nun alles so anders wäre.

Wie auch immer...

Es blieb eine seltsame Stimmung.

Es war wohl der Alltag eingekehrt.

Ich war froh, dass Frauchen wenigstens noch lachen konnte, wenn sie mit uns beiden Hundies zusammen war. Aber schön fand ich es nicht, dass sie zuhause gar nicht mehr richtig lebendig sein konnte.

Ich machte um so mehr Blödsinn um sie aufzuheitern - und manchmal klappte es sogar.

Das Meer

Und wieder fuhren wir für ein paar Tage in Urlaub.

Auch dieses Mal ging es an die Nordsee.

Wir hatten ein ganzes Haus für uns und das war echt schön.

Unten war alles total hell und ganz neu.

Wir waren die ersten Bewohner in dem tollen Ferienhaus.

Frauchen hatte ständig Sorgen, dass mein Bruder oder ich etwas dreckig machen könnten; denn man hätte sofort gewusst, dass nur wir das gewesen sein konnten.

Natürlich wäre es selbstverständlich der Dummie gewesen, wenn denn was passiert wäre. Aber egal...

Wir haben uns beide gut benommen.

Nach oben führte eine offene Treppe.

Menschen finden so etwas ganz schön - Hunde eher nicht. Zumindest so kleine Vierbeiner wie ich und mein Minibruder.

Da kann man gar nicht hoch gehen. Man hat immer Angst, dass man nach hinten von den Stufen wieder herunter fällt.

Aber Frauchen wäre ja nicht Frauchen wenn sie nicht gleich bei der Ankunft alles gesichert hätte.

So durften wir die Treppe nicht alleine betreten und irgendwie war das auch gut so.

Das Haus lag nur zwei Minuten vom Deich entfernt.

Das ist so eine Anhöhe am Meer, wo die Schafe mit den krummen Beinen stehen.

Ja, die haben echt verschiedene Beine. Die stehen Tag für Tag immer am Abhang und irgendwie sehen die dann ganz schief aus.

Wenn wir in die andere Richtung aus der Haustür gingen waren wir nach fünf Minuten in der Stadt.

Eigentlich alles optimal.

Das Wetter war auch genau passend für die Nordsee. Viel Wind und nicht zu heiß.

Frauchen gefiel das gut.

Trotzdem blieb die Stimmung auch in diesem Urlaub irgendwie so kalt zwischen dem neuen Herrchen und Frauchen.

Herrchen konnte nie mal auf uns aufpassen und so kam Frauchen keinen Schritt alleine aus dem Haus.

Das konnte sie nie gut ertragen.

Außerdem wurde immer klarer, dass Herrchen mit dem Dummiebruder nichts zu tun haben wollte.

Zumindest fühlte es sich so an.

Klar, ich schlief bei Frauchen im Zimmer und der Mini nebenan.

Aber alles lief nicht rund und so waren wir wohl alle froh als wir nach ein paar Tagen die Rückreise antreten konnten.

Am Telefon meinte Frauchen dann auch zu ihrer Freundin, dass man sich den Urlaub besser gespart hätte.

Ja, es lief alles nicht mehr richtig und sogar im Urlaub waren Herrchen und Frauchen meilenweit voneinander getrennt.

Nicht wirklich. Sie standen direkt nebeneinander. Und trotzdem merkte man, dass sie jeder ihren eigenen Gedanken nachhingen.

Sie setzten sich auf die Couch und jeder guckte zum Fernseher.

Man konnte aber als geübter Gedankenleser; wie ich natürlich einer bin, ganz deutlich erkennen, dass beide gar nicht sahen, was da ablief.

Sie grübelten beide - aber keiner sagte dem anderen etwas.

Eigene Wege

Als wir wieder Zuhause waren dachte ich manchmal, dass wir bald wieder alleine wären.

Nein, nicht ganz alleine. Der Mini sollte natürlich bei uns bleiben.

Aber unser Herrchen, das hätten wir nicht unbedingt gebraucht.

Zumindest habe ich das zu der Zeit so empfunden.

Ich konnte es nicht gut ertragen, dass Frauchen gar nicht mehr glücklich war.

Immer wenn Herrchen und sie zusammen waren spürte man die Spannung in der Luft. Ja und das Gewitter, was diesen Zustand hätte irgendwie auflösen können kam nie.

Ganz im Gegenteil! Es wurde immer weniger geredet.
Und wenn doch, dann artete das Gespräch in Feindseligkeit aus.

Es wurde nicht fair gestritten - ja so nannte Frauchen das früher immer.

Es gab dann „Schläge unter die Gürtellinie". Das bedeutet, dass sich Menschen gegenseitig beleidigen und keiner den anderen mal ausreden lässt.

Ich fragte mich oft, ob das alles noch einen Sinn hatte mit meinen Leuten.

Ferien

Ich war mir nicht sicher, ob das wirklich eine gute Idee von Frauchen war.

Es wurde wieder ein Urlaub geplant.

Generell war ich immer total begeistert, wenn Frauchen vor dem Abreisetermin überall anrief um eine Wohnung zu finden und wenn sie dann anfing die Koffer zu packen dann gab es in meinem Bauch so richtig Freude.

Dieses Mal nicht.

Was sollte die Reiserei, wenn unsere Leute doch ohnehin nicht glücklich waren?

Ob mein Dummiebruder das auch so sah, das weiß ich nicht.

Er kannte ja auch unsere Familie nicht wie sie vorher war.

Und trotzdem wusste auch ich, dass es nicht an dem Mini lag, dass alles so gekommen war.

Oder vielleicht doch indirekt.

Genau da, als wir alle erfuhren, dass der kleine Stinker diese komische Auto.... Krankheit hatte; da wurde alles noch viel schlimmer.
Ab da konnte Herrchen gar nicht mehr so richtig locker mit dem Zwerg umgehen.

Und kurz danach haben sich unsere Leute immer weniger zu sagen gehabt.

Naja, und wenn ich so an die Telefonate von Frauchen und ihrer Freundin dachte, dann wusste ich echt nicht genau, ob der „Außerirdische" überhaupt auf Dauer mein Herrchen bleiben würde.

Manchmal war es mir sogar egal ob er abends zu uns nach Hause kam. Oder sagen wir mal so... er kam ja immer!
Aber wäre er mal nicht gekommen???

Nun ja, wer weiß....

Aber zu unserer Reise.

Also Frauchen hatte ein tolles Haus gefunden und ich kannte es sogar schon.

Da waren wir alle schon mal mit einem früheren Freund von Frauchen.
Natürlich ohne Mini. Der lebte da ja noch gar nicht.

Ich hatte damals einen ganz offenen Bauch und der Freund und Frauchen dachten, dass es wohl mein letzter Urlaub wäre.

Na, das war dann nicht so.

Bin ja ein Kämpfer und hab mich natürlich wieder erholt.

Tja, da fuhren wir also nun wieder hin.

Das Haus lag ganz nah am Meer.

Wieder mal an dem Wasser, was nur selten zu sehen ist.

Auch in dem Haus gab es eine Wendeltreppe. Ist wohl überall so in den Häusern an der Nordsee.

Schon bei unserem ersten Besuch da hatte Frauchen unten alles versperrt damit ich nicht durch die Treppenstufen sauste.

Kurze Planung - Koffer packen - und los ging die lange Fahrt. Wir fuhren mit dem Auto von Herrchen.

Ach ja, da gab es vorher auch noch ein Ereignis.

Wir bekamen ein neues Auto. Auch das war alles mit einigen Auseinandersetzungen zwischen unseren Leuten verbunden.

Frauchen fand den alten Wagen noch gut genug. Außerdem sagte sie immer, dass man erst was neues kauft, wenn man das Geld für die Bezahlung auch bereit liegen hat.

Okay, Herrchen muss jeden Tag sehr weit fahren um zu seiner Arbeit zu kommen.
Er wollte ein neues Auto.

Frauchen gab also irgendwann nach und wie immer hatte sie dann so verhandelt, dass alles irgendwie wohl doch noch ganz gut gelaufen war.

Immer wenn sie anderen von den Verhandlungen um die Preise für den Alt- und den Neuwagen erzählte, meinte sie, dass der

Verkäufer ihrem Vorschlag nur zugestimmt hätte um sie endlich los zu werden.

Egal... So hatten wir einiges an Geld gespart und der neue Wagen stand kurz vor der Abreise vor der Tür.

Groß umgewöhnen mussten der Mini und ich uns nicht.

Unsere Boxen standen wie immer auf der Rückbank.

Nur wir schauten uns nicht mehr an. Jeder guckte in den entgegengesetzte Richtung. Das fand ich am Anfang nicht so toll, denn ich wusste doch genau, dass sich der Zwerg immer so schön aufregte, wenn ich ihn nur lange genug fixierte.

Aber okay; wer weiß wie lange ich ihn noch ansehen konnte.

Dann fuhren wir eben beide mit dem Blick in andere Richtungen.

Die Anreise verlief gut. Der Dummiebruder musste nicht einmal Pippi zwischendurch. Er hatte immer Angst wenn wir irgendwo hielten wo er sich nicht auskannte. Dann konnte er nicht pieseln.

Ganz anders ich!

Egal wo wir gerade waren. Ich hinterließ meine Duftmarken an jedem Grashalm. Da konnte so eine Minipause schon mal etwas länger dauern.

Schließlich sollte doch jedes Hundemädel sehen, dass ein toller Kerl.... nämlich ich; da gewesen war.

Als wir ankamen war das Haus nicht mehr so wie wir es von vor ein paar Jahren kannten. Es war nichts mehr renoviert worden und Frauchen fand es nicht wirklich gemütlich.

Das Wasser war natürlich auch nicht da.

Aber das Wetter war klasse. Wind und nicht so heiß. Nordseewetter eben.

Wir hatten dann da tatsächlich eine schöne Zeit.
Manchmal dachte ich sogar, dass Herrchen und Frauchen wieder so richtig zusammen finden würden.

Und der Mini? Dem ging es da richtig gut. Er rannte am Deich entlang und tobte wie ein Irrer.

Manchmal hatten wir wohl alle für einen Moment vergessen, dass er so krank war.

Abends war es immer eine ganz besondere Situation.

Wir waren den ganzen Tag unterwegs. Ab und an gab es mal ein kleines Leckerchen; sonst aber nichts.

Und abends da hatten wir zwei so einen Hunger, wie wir das von unserem Zuhause gar nicht kannten.

Mini schlief ja bei Herrchen und Frauchen und ich nebenan. Jeder von uns Hundies hatten einen eigenen Napf im

Schlafzimmer stehen - mit Trockenfutter. Ja, tatsächlich nur Trockenfutter.

Wir wurden die Treppe herauf getragen und jeder von uns Brüdern raste wir wild in sein Schlafzimmer und stürzte sich auf den Napf.

Wir konnten gar nicht so schnell fressen wie wir Hunger hatten. Jeder hatte Angst, dass der andere zuerst fertig sein könnte und dann noch den Rest klauen würde.

Dabei kannten wir so etwas gar nicht.

Aber es war nicht schlecht mal so richtig Hund zu sein.

Ich persönlich kam mir fast vor wie ein Wolf in freier Wildbahn; nur dass man mir mein Futter immerhin servierte.

Frauchen war hellauf begeistert, dass sie zwei Vierbeiner hatten, denen sie mal nicht für jeden Bissen Futter eine Geschichte erzählen musste.

Ja, alle schienen zufrieden in den Momenten.

Dann stand die Rückfahrt an.

Auch die lief reibungslos. Wie immer fuhren wir auf dem Rückweg noch bei Oma und Opa vorbei.

Die Oldtimer hatten immer den totalen Spaß, wenn sie den Minidummie sahen.

Natürlich wussten sie, dass ich der schönere bin und sie wissen auch, dass ich immer die ersten Streicheleinheiten bekommen musste.

Aber wenn der Zwerg mal wieder wie irre durch die Bude fegte, dann konnte die Oma sich gar nicht daran sattsehen.

Als wir wieder in unserem Haus ankamen, dachten wohl alle, dass sich der Zustand zwischen Herrchen und Frauchen etwas gebessert hätte.

Und so konnte man sagen, dass dieser Urlaub wirklich - bis auf die Unterkunft sehr schön war.

Zwischenfälle

Als wir gerade erst ein paar Tage wieder Zuhause waren schien sich aber alles wieder zum Alten zu entwickeln.

Frauchen hatte allerdings keine Lust mehr wieder nicht mehr lachen zu können und so klärte sie die gesamten Lage radikal.

Nein, sie trennte sich nicht von unserem Herrchen.

Sie sagte mir auch nicht was sie vor hatte und ich weiß es bis heute nicht, was sie da wieder mal für eine Idee hatte.

Aber innerhalb von ein paar Stunden - sozusagen über Nacht - hatte sich alles zum Guten gewandt.

Abends hatten Herrchen und Frauchen wieder mal totale Meinungsverschiedenheiten gehabt und wie immer wurde alles ausgeschwiegen.

Danach ging ich mit Frauchen schlafen und während ich wohl meinen verdienten Hundeschlaf gefunden hatte muss Frauchen wichtige Dinge erledigt haben.

Am nächsten Tag war dann alles noch etwas komisch und zwischen Herrchen und seinem Umfeld gab es einige Gespräche.

Man könnte fast sagen „wie von Geisterhand" nahm dann alles eine Wende zum Guten.

Und das hielt an.

Der Unfall

Als die Stimmung in unseren vier Wänden eigentlich ganz gut war kam es dann immer öfter zu Zwischenfällen zwischen meinem Dummiebruder und mir.

Wir tobten und spielten und plötzlich artete alles in Kampf aus. Das war dann aber nicht mehr so ein Jugendstreit. Ich wollte einfach nicht, dass ich mein Frauchen mit dem Dummie teilen sollte.

Obwohl mir das die ganze Zeit nichts ausgemacht hatte konnte ich es plötzlich nicht mehr ertragen.

Dabei stand ich ganz klar an erster Stelle.
Ich durfte bei Frauchen auf dem Schoß sitzen, wann immer ich es wollte.

Wenn sie am PC saß war ich zu ihren Füßen in meinem Hütti.

Und was sich geändert hatte wusste ich selbst nicht.

Aber sobald der Mini sich nur näherte ging ich auf ihn los.

Am Anfang fand der das lustig. Er dachte noch ich wolle mit ihm spielen. Aber wenn ich ihn dann doch oft mal so richtig biss dann rannte er ganz schnell weg und kam lange nicht mehr aus der Ecke hervor.

Nachdem diese Situationen dann sehr oft passierten hatte der Dummie es verstanden.

Er kam nicht mehr in Frauchens Nähe weil er Angst vor mit hatte.

Das hatte ich gut gemacht - genau so sollte es sein.

Nur am Abend da gingen wir alle zu Herrchen ins Bett. Da kam mir der kleine Zwerg dann oft sehr nahe. Da wollte der dann tatsächlich ab und an auch ganz nah an Frauchen heranrücken.

Jedes Mal gab ich ihm klar zu verstehen, dass ich mir das so nicht vorstellte.

Nach ein paar Anschnauzern meinerseits verstand er dann die Lage.

Doch dann kam der Abend, der unser Leben veränderte.

Wieder wollte der Mini zu Frauchen heran rücken.

Ich knurrte ihn bedrohlich an und schnappte nach ihm.

Ohne überhaupt zu verstehen was da passierte hatte er wohl auch in meine Richtung geschnappt.

Leider war meine Zunge im Weg.

Meine schöne lange Zunge blutete.

Im ersten Moment dachte Frauchen noch ich hätte selber drauf gebissen - wie das ja bei mir schon öfter mal vorkam.

Doch als Frauchen mich auf den Arm nahm da tropfte das Blut

nur so aus meinem Maul.

Frauchen setzte mich noch kurz aufs Bett.

Sofort bildete sich eine große Blutlache vor mir.

Ohne groß zu überlegen schnappte Frauchen sich ihre Hose, ein Oberteil und mich.

Sie rannte wie von Furien gejagt - mit mir auf dem Arm - zu unserem Ex - Herrchen herunter.

Als er endlich die Tür öffnete war ich schon über all voll Blut.

Ex - Herrchen versuchte dann einen Notarzt zu erreichen. Alle Notdienste waren nicht da und so fuhren meine Leute in einer rasanten Fahrt mit mir in die Tierklinik.

Da war immer jemand.

Wir kamen an und Frauchen zitterte und weinte.

Sie hielt mich ganz fest an sich gedrückt.
Ich hatte gar keine Kraft mehr.

Trotzdem konnte ich direkt vor der Kliniktür noch eine Katze anknurren.

Ja, das war eben ich.

Ich hatte kaum noch Blut in meinen Adern - aber ich musste noch einmal zeigen wer der Boss war.

Dann kam der Doc - nicht im grünen Kittel.

Er sagte einiges zu meinen Leuten. Auch, dass es alles sehr teuer werden würde und, dass es alles andere als gut um mich stand.

Er rief sofort eine Assistentin an und ich bekam so eine Kanüle in meine Bein. Ob das weh tat weiß ich nicht . Ich konnte mich nicht mehr wehren.

Das Handtuch, welches Frauchen noch schnell um mich gewickelt hatte tropfte vor Blut.

Und Frauchen war weiß wie die Wand.

Dann wurde ich einfach aus Frauchens Arm genommen.

Das weiß ich aber nur, weil sie es mir nachher erzählt hat.

Ex - Herrchen und Frauchen durften bleiben bis bei mir die Narkose wirkte.

Dann wurde ich weggebracht.

Ich wurde erst viel später wieder wach. Und ich war zum ersten Mal alleine in meinem Leben.

Wo war mein Frauchen? Hatte die mich wirklich einfach hier gelassen?

Ich war noch sehr schwach - aber die Notoperation hatte ich überstanden.

Ich hing an so komischen Schläuchen und irgendwie war ich so müde.

Am nächsten Tag habe ich dann aber versucht alle zu beißen die in meinen Dunstkreis kamen und genau aus dem Grund durfte Frauchen mich abends wieder abholen.

Sie bekam nicht nur die Rechnung sondern auch mich zurück und sie war so glücklich.

Sonst meckert sie immer, wenn sie was so teurer bezahlen muss. Aber in diesem Fall war sie nur froh mich wieder zu haben.

Wir fuhren heim.

Meine Zunge war mit neun Stichen genäht.

Wirklich eine tolle Leistung von den Doc, wenn man bedenkt wie kleine meine Zunge war.

Und irgendwie schien sie jetzt noch kleiner zu sein.

Noch immer hing sie heraus - aber nicht mehr ganz so lang und es gab Gelegenheiten da konnte ich sie sogar ganz ins Maul ziehen.

Alles komisch.

Nun, die Fäden sollten nach zehn Tagen gezogen werden.

Dazu ließ ich es nicht kommen.

Frauchen hatte eh immer Angst, dass ich noch einmal mit meinem Bruder aneinander geraten könnte und dann alle Fäden viel zu früh herausfallen könnten.

Sie versuchte uns voneinander fern zu halten.

Irgendwie schien es dem Mini auch ganz recht zu sein, denn er hatte wohl ein schlechtes Gewissen weil er für den Unfall verantwortlich war, der mich beinahe das Leben gekostet hätte.

Ja auch Frauchen sah es erst so.

Sie hatte den Mini nicht mehr so richtig lieb. Sie machte ihn tatsächlich für den schlimmen Unfall verantwortlich.

In Wirklichkeit war es alles ein dummer Zufall.

Meine Zunge hing nun mal immer lang heraus.

Ich habe ihn zuerst angegriffen und... naja es war eben ein unglücklicher Zufall alles.

Ich habe mir dann nach drei Tagen die Fäden selber gezogen.

Obwohl ich nur noch den einen Zahn hatte schaffte ich es alle Fäden - bis auf einen - los zubeißen.

Als Frauchen das sah drehte sie fast durch.

Sie hatte sowieso jetzt einen Schaden was Blut anging.
Und so fuhren wir sofort zur Klinik als sie sah, dass meine Fäden verschwunden waren.

Alles gut sagte man da. Tolles Heilfleisch. Ich würde also überleben.

Als es nach circa einer Woche wieder etwas ruhiger wurde habe ich mir dann die Daumenkralle abgerissen. Wieder viel Blut und ein Frauchen was am Ende ihrer Kräfte war.

Wir fuhren dies Mal zum „Mann im grünen Kittel", der mich natürlich auch wieder retten konnte.

Frauchen hingegen konnte nachts schon nicht mehr schlafen.

Hatte mich ständig im Blick und träumte jede Nacht davon, wie ich fast auf ihrem Schoß verblutet wäre.

Es ging ihr nicht gut und sie verwöhnte mich wieder sehr.

Im Gegenzug dazu versuchte ich immer mehr Platz für mich zu gewinnen.

Inzwischen wollte ich nicht mal mehr, dass der Mini das Sofa betrat wenn Frauchen mittags Reiki machte.

Ich machte ihm oft das Leben schwer.

Dadurch wurde es auch für Frauchen alles noch schwerer zu ertragen.

Fröhlich war sie wirklich nie mehr!

„Opi Untot"

Ja, so riefen mich meine Leute in letzter Zeit.

Schon im letzten Urlaub war ihnen aufgefallen, dass ich irgendwie „untotbar" war.

Ich sollte doch schon vor vier Jahren meinen letzten Urlaub an dem Ort wo wir nun wieder waren... erleben.

Und natürlich starb ich nicht.

Dann meine schlimme Allergie. Meine offenen Stellen am gesamten Körper.

Dann meine Ohren, die ja eine ganze Weile nicht ein bisschen Fell mehr hatten.

Meine Augen die im letzten Ostseeurlaub blind waren und aussahen als würden sie mir aus dem Kopf fallen.

Immer hatte ich alles überlebt und was ganz seltsam war...

Seit ich die Notoperation überstanden hatte, da bekam ich ganz puschelige Ohren.

Frauchen erfreute sich jeden Abend beim kämmen an meinen rundum befellten Ohren.

Das kam natürlich alles von dem XL - Antibiotikumdepot was man mir gespritzt hatte.

Ich sah fast aus wie ein junger Hund.
Nur mein Charakter der war eher der eines allen Mannes.

Ich war oft sehr rau im Umgang mit meinem Umfeld - egal ob Mensch oder Tier.

Ich wollte Nähe - dann aber auch wieder nicht und nachts da musste ich oft fünfmal heraus.

Aber Frauchen war froh, dass ich eben „Opi Untot" war und, dass sie noch jede Nacht mit mir draußen unterwegs sein konnte.

Klar ab und an wollte sie auch lieber einfach mal eine Nacht Ruhe haben und nur schlafen. Aber wenn ich dann zu ihr unter die Bettdecke krabbelte und zitterte, dann sagte sie immer nur, dass ich ihr kleiner Kämpfer war.

Ja und so gingen dann ein paar Wochen ins Land.

Mein Bruder machte meist einen Bogen um mich. Es gab aber auch Tage da spielten wir zusammen als wären wir die besten Kumpels.

Immer war ich es der bestimmte wie es am jeweiligen Tag ablief und der Mini akzeptierte es.

Meine Zunge war inzwischen wie neu und tatsächlich manchmal - nach vier Jahren - wieder mal in meinem Maul verschwunden.

Ich war eben „Opi-Untot".

Veränderungen

Eigentlich war alles wie immer.

Ich hatte in den letzten Tagen wieder mal oft mit meinem Dummiebruder gestritten.

Mein Aussehen war so zum Positiven verändert, so, dass Frauchen manchmal richtig stolz zu mir herüber blickte.

Aber leider ging irgend etwas in meinem Körper vor; was ich noch nie so erlebt hatte.

Ich musste nachts noch öfter heraus und immer wenn ich mein Bein heben wollte fiel ich fast um.

Ich konnte auch kaum noch spazieren gehen.
Alle paar Meter blieb ich stehen.

Trotzdem versuchte ich natürlich noch alle Hundekumpels zu bekämpfen und auch den Mädels rannte ich noch laut hechelnd hinterher.

Wenn ich mich wieder mal total verausgabt hatte legte ich mich einfach hin und Herrchen trug mich dann.

Das war aber auch nicht so toll. Ich knurrte wie wild; selbst wenn nur Menschen unseren Weg kreuzten.

Ich fühlte mich mal stark wie immer und dann plötzlich ganz schwach.

Hinzu kam, dass Frauchen mich wieder oft „Kotzbrocken" nennen musste. Leider erbrach ich Blut und das oft mehrmals am Tag.

Auch aus meinem anderen Ende kam Blut heraus und ich brauchte ewig wenn ich mich doch eigentlich nur ganz kurz zum großen Geschäft irgendwo niederlassen wollte.

Frauchen war mehr als verzweifelt.

Sie schlief nachts gar nicht mehr.

Manchmal legte sie sich auf die Liege auf den Balkon und ich stand da und versuchte irgendwie alles los zu werden, was aus meinem Körper heraus wollte.

Auf der anderen Seite war ich aber immer noch der, der ich immer gewesen bin.

Ich rannte zu Frauchen und machte „wilder Stier" und sofort lachte sie und ich wusste, dass sie mich so lieb hatte.

Trotzdem wurde alles immer schlimmer.

Auch meinen Bruder wollte ich nicht mehr in meiner Nähe haben.
Ich knurrte ihn oft wirklich böse an.

Keine Ahnung wie das noch weitergehen sollte.

Der Tag „X"

Wieder hatten Frauchen und ich die Nacht auf dem Balkon verbracht. Ich blutete wieder mal.

Nur mein Bauch, der war „zu" wie selten zuvor und meine Ohren... einfach eine Sensation.

Trotzdem hatte Frauchen die ganze Nacht geweint.

Sie konnte nicht mehr - ich merkte es genau.

Als ich dann morgens noch den Mini anraunzte, nur weil er auch mal kurz den Balkon betreten wollte, war Frauchen wohl am Ende.

Sie setzte sich ins Wohnzimmer und weinte bitterlich.

Der Mini wollte zu ihr rennen - aber ich habe es verhindert und sofort ging der kleine Dummie ganz freiwillig in seine Box.

Frauchen folgte ihm und sagte, dass sie ihn doch so lieb hätte.

Und dann kam sie zu mir.

Sie nahm mich in den Arm und sagte, dass ich ihr kleiner Kämpfer wäre und, dass sie mich so gerne noch bei sich behalten würde; dass es aber so nicht mehr weitergehen könne.

Sie weinte und weinte.

Ich musste zwischenzeitlich mehrmals auf den Balkon und

sogar beim Mädchenpippi fiel ich fast um.

Im Wohnzimmer verlor ich dann noch einige Tropfen Blut auf den Fliesen und Frauchen konnte sich irgendwie gar nicht mehr beruhigen.

Dann kam Ex - Herrchen und die beiden redeten lange.
Ich verstand nicht alles, was sie sagten. Aber in meinem Innern wusste ich, dass es nichts Gutes war, was sie besprachen.

Dann rief Frauchen den „Mann im grünen Kittel" an.
Wir sollten zwei Stunden später zu ihm kommen.

In der Zwischenzeit kümmerte sich Frauchen nur um mich - der Mini blieb in der Box. Der ahnte wohl auch was und kam gar nicht mehr hervor.

Dann holte Ex - Herrchen den Zwerg aus der Box und Frauchen nahm mich auf dem Arm mit ins Auto.

Der Zwerg und ich standen in unseren Boxen nebeneinander und ich bekam noch fast eine ganze Tube Leberwurst während der Dummie nur einmal kurz an der Wurst lecken durfte.

Da wusste ich; dass etwas nicht richtig war!

Ex - Herrchen fuhr das Auto und Frauchen bemühte sich ruhig zu bleiben. Aber ich merkte genau, dass es ihr sehr schlecht ging.

Wir kamen an - der „Mann im grünen Kittel" redete nicht viel und ich musste auf den Tisch, wo man mich schon so oft gerettet hatte.

Ganz schnell bekam ich eine Spritze.
Frauchen hielt mich ganz fest im Arm und ich merkte wie sie zitterte.

Ich wehrte mich mit aller Kraft.
Verdammt ich war doch ein Kämpfer und noch dazu „Opi Untot".

Da konnte man mir nicht einfach so eine Spritze geben. Und schon gar nicht die alles entscheidende.

Ich kämpfte und mein Vorderbein fing an zu bluten.

Doch dann konnte ich nichts mehr machen.

Ich fiel um - oder es fühlte sich nur so an.

Ich war doch ganz fest in Frauchens Arm.

Dann wusste ich nichts mehr.....

Ich war nun   nicht mehr „Opi Untot": denn irgendwann verliert auch jeder Kämpfer einmal einen Kampf.

Über die Regenbogenbrücke

Mein kleiner Zwerg; glaub mir, die Entscheidung zu treffen, Dich über die Regenbogenbrücke zu schicken war mit die schwerste in meinem Leben.

Ich habe Dich so geliebt.

Viele Freunde haben mir oft gesagt, dass man es mit Dir nicht aushalten konnte; dass Du ein Großkotz warst.

Klar, einfach warst Du nicht.

Immer der mit der großen Klappe. Der Kleine, der, der Größte sein wollte.

Mit jedem hast Du den Kampf aufgenommen.

Aufgeben gab es für die nie.

Und den Kampf mit dem Leben hast Du auch immer wieder gewonnen.

Seit Deiner Not - OP habe ich jede Nacht davon geträumt, wie Du fast in meinen Armen verblutet wärst und ich habe so manche Nacht geweint.

Aber auch das hattest Du wieder mal geschafft.

Ich hätte Dich gerne noch lange als kleinen frechen Kämpfer an meiner Seite gehabt; aber auch meine Kraft war und ist nicht unendlich.

Immer wieder habe ich mich für Dich eingesetzt. Habe manche Menschen aus meinem Leben gestrichen weil sie dich nicht mochten.

Immer wieder würde ich es so machen; denn Du warst da, als ich alleine war.

Ich hatte in Dir den besten Freund meines Lebens und als ich nach 25 Jahren Partnerschaft nur noch mit Dir zusammen lebte, da hast Du mich auch in meinen schwersten Zeiten immer wieder zum lachen gebracht.

Hast mich geliebt in jeder Lebenslage; ob ich lachte oder weinte.

Mein Kleiner, ich weiß nicht ob der Zeitpunkt wirklich richtig war, dich über die Regenbogenbrücke zu schicken.

Du warst im Leben ein Kämpfer und im Tod warst Du nicht anders. Hast Dich bis zur letzten Sekunde gewehrt.

Ich liebe Dich noch immer und mache mir viele Gedanken, ob alles so richtig war.

Als Dein Frauchen musste ich eine Entscheidung treffen - und glaub mir - ich habe es mir nicht leicht gemacht.

Du warst oft krank und immer wusste ich; wir schaffen das.

Aber in den letzten Wochen spielte Blut eine Hauptrolle in Deinem Leben und meine Kräfte gingen zu Ende.

Dein Charakter veränderte sich sehr.Aber mich mochtest Du immer. Hast alle und jeden gebissen - mich niemals.

Ich hoffe Du bist jetzt auf der anderen Seite angekommen. Hast da alle wiedergefunden, die ebenfalls mal meine Zwerge waren.

Vielleicht magst Du einige davon - vielleicht bist Du auch da wo Du jetzt bist noch ein Kämpfer...

Wie auch immer mein kleiner Zwerg; ich hoffe es geht Dir da gut und Du weißt ja; irgendwann sehen wir uns alle wieder.

Ich wünsche mir so sehr, dass Du dann da auf mich wartest und mir sagst, dass ich alles richtig gemacht habe.

In meinem Herzen wirst Du immer mein kleiner Kämpfer bleiben bis wir uns dann irgendwann wiedersehen.

Dein Frauchen; was Dich nie vergisst und noch sehr oft um Dich weint.

ENDE